유령도면과
20년 소송

- 진리에의 충성

홍중권 지음

목차

머리말

1. 다른 사람들의 경험담을 보고 세상 이치를 배우자

세계에서 법원 앞에 있는 정의의 여신상이 근대 이후 눈을 가린 여신상이 등장하기 시작하였다고 한다. 마음(주관)으로 보지 말고 오직 실정법(객관)에 의해 공정하게 '사회의 정의와 평등'을 추구하라는 뜻일 게다.

우리는 살아가면서 예상 밖으로 누군가로부터 갑자기 공격받을 때, 아무것도 모르고 단지 법원이나 검찰을 법의 수호자로 믿고 찾는 경우가 많다. 그러면 우리 법원의 실상은 정의와 법치주의(실정법)에 편을 들까 아니면 자신의 입신영달을 위해 사심(마음)에 편을 들까.

우리는 이런 경우 대부분 칠전팔기(七顚八起)라는 말에서 보듯이 실제 경험을 통하여 많이 배워 나간다. 그런데 매사를 내가 직접 경험하여 배우려면 대가가 너무 크다. 그리하여 지혜로운 사람들은 다른 사람들의 경험담(역사, 고전, 체험)에서 배운다는 말이 있다. 인간의 행위가 과거의 역사를 크게 벗어나지 못하고 반복되고 있기 때문이다.

*역사란 과거와 현재의 대화이다. - 에드워드. H. 카 -

이 체험기 역시 강자를 상대하여 소송이나 고소라는 새로운 길을 가려는 사람들에게, 실제 소송은 기존의 상상과는 전혀 다른 세계라는 것을 알려 주고 싶어서 이 책을 쓰게 되었다. 법이나 사실보다 먼저 세상의 이치와 인간의 본성을 헤아리는데 참고가 되었으면 한다.

*우리가 알고 있는 모든 진실은 모든 이들에게 되돌려 주는 것이지 오직 우리 자신만을 위해 간직하는 것이 아니다.

- 엘리자베스 캐디 -

2. 세상에... 공원도면이 없는데 짝퉁 도면이 있다고?

지금 경상북도 팔공산도립공원에는 공원도면이 이름은 있으나 실체가 없다. 유령이라는 것이다. 원래는 공원처분도면으로 공원대장이 있었지만 중도에 공원경계선을 아무도 모르도록 유령도면으로 바꾸었기 때문이다.

그리고는 지금 공원도면은 비록 유령이지만 공권력은 갖고 있으니, 공원과는 관계없는 낙서(가짜도면)를 두고 마치 공원도면의 짝퉁인 것처럼 지록위마(指鹿爲馬)하며 행사하고 있다.

유령도면이 공원을 결정하는 처분도면이라고? 소가 웃는다!
공원도면이 없는데 공원도면의 짝퉁이 존재한다고? 마술인가!

그렇지만 법률은 상식이다. 무슨 판결문이라도 난해하거나 상식과 다를 때는 반드시 어딘가 변조한 부분이 있을 것이다.

우리 함께 여기서 그 변조 방법을 한번 구경해 보자.

  *속임수는 오히려 약점을 밝히는 계기가 된다.

  *합리적인 것은 진실하며 진실한 것은 합리적이다.

- 헤겔 -

3. 판결문이라기보다 마술이나 코미디라고 생각하며 보자

여기 판결문을 보면 "땅 높이를 측량하면 공원경계측량도가 나온다." 등 이상한 내용이 많이 나온다. 그래서 이 사건을 처음 읽는 사람들은 어렵다는 생각을 먼저 하게 된다. 그것은 평소에 국가기관이나 법원은 공신력을 생명으로 하는 기관이니까 항상 공정하고 상식적이라는 선입견(편견, 고정관념)을 많이 가지고 있기 때문이다.

그런데 이 글은 내가 지금까지 겪어 온 소송기록에서 상식 밖의 불법·모순·억지소리만 골라서 옮겨 놓았으므로, 여기서는 그 억지가 어느 정도인지를 체험하는 것으로 보면 된다. 그러므로 누구든 읽으면서 법과 상식이 존재한다는 전제하에 이해를 하려고 하면 머리 아프고, 법과 관련한 글은 역시 어렵다고 생각하기 쉽다.

그러나 실상은 법은 너무 쉬운 상식이다. 하여 이 글을 읽을 때는 안데르센의 벌거벗은 임금님 이야기에 나오는 어린아이처럼 선입견 없이 있는 그대로 상식적으로 바라본다면 보다 쉽고 재미있는 이야기가 될 것이다. 그리고 이 사건 전체의 결과를 파악하려고 욕심내지 않기를 바란다.

판결은 일시적으로는 왔다 갔다 하지만, 결과는 공원도면이 유령이니 답이 없다. 승소도 없고 패소도 없다. 요상하게 무법만 있을 뿐이다. 그러므로 어렵게 전체를 파악하려고 하기보다 단락별로 짧게 끊어 읽으면서, 강자가 유령도면 대신에 낙서를 어떤 방법으로 공원도면인 것처럼 변조하고 행사하는지, 그 형태를 그때그때 재미있게 체험해 주기를 바란다.

*한 가지 일을 경험하지 않으면 한 가지 지혜가 자라지 않는다.

- 명심보감 -

4. 두루뭉술을 보다 직설적이고 간결하게 고침

이 사건에서 국가기관은 공원도면이 不明이라는 핑계로 그대신에 낙서를 만들고는 이를 공원도면인 것처럼 행사하면서, 답변서나 판결문이나 수사기록에서는 모두 그 불법을 모순·동문서답·말장난으로 빙빙 둘러서 적고 있다. 그러면서 착각을 유도하고 있다. 그렇다고 나도 두루뭉술로 적을 수는 없지 않는가? 그리하여 독자의 이해를 돕기 위해 되도록 직설적이고 간결한 용어로 고쳐 적었다. 이해를 구한다. 대신에 독자는 보다 쉽게 읽을 수 있을 것이다.

제1장부터 제13장까지는 일련으로 일어난 소송의 전개 과정이다. 초기의 내용은 주로 이 사건에 대한 진실 공방으로 구성되어 있다. 독자들이 이를 보면서 실제 소송 과정에서 일어나는 여러 가지 변조의 사례를 직접 체험하도록 하기 위함이다. 결론은 나중에 함께 음미해 보자.

5. 요망사항

이 책을 읽다 보면 독자는 다른 사람이 쉽게 경험할 수 있는 일이 아니라는 것을 알 수 있을 것이다. 따라서 나는 내가 겪은 사회 실상을 혼자 알기 아까워 이 책을 내지만 법률전문가도 아니고, 또한 최대한 양심적으로 정확히 적었다고 생각하지만 세상에 '완벽한 것은 없다', '정답은 없다'라는 말로 보면 오류·착오가 있을 수도 있다고 본다. 따라서 누구든 이 내용을 두고 다른 법률행위를 위해서는 사용불가이다.

이 글에서 원고·청구인·고소인으로 표시된 것은 모두 나를 말함이고, 피고·피고1·피청구인으로 표시된 것은 대부분 경상북도로 보면 된다. 아울러 이 책에서 경상북도지사·국립지리원장·과장(부장)등의 표현이 있다하더라도 모두 그가 소속한 국가기관의 입장을 말하는 것이지, 도지사·원장·과장(부장)이라는 사인(私人)을 말하는 것은 아니다.

또한 이 글 내용에 '지금'이라는 말이 나와도 그것은 현재가 아니라 대체적으로 그 글 속의 당시를 말한다고 보아야 할 것이다.

그리고 이 글에서는 다소 반복되는 부분도 있을 수 있다. 모두 사건이 다르고 또한 새로운 판결이 나왔는데도, 피고 소송수행자들이 전임자가 행한 어불성설을 그대로 베껴서 제출하였기 때문이다. 이해를 구한다.

아울러 이 책 속의 스캔 중에 표시된 밑줄(＿)이나 그림(◯ ▢)은 내가 그 내용을 강조하기 위해 표시한 것으로 원문에 있는 내용이 아님을 밝혀 둔다.

*이 세상에 위대한 사람은 없다. 단지 평범한 사람들이 일어나 불합리한 현실에 맞서는 위대한 도전이 있을 뿐이다.

- 윌리엄 프레데닉 홀사 -

*밝은 빛깔은 금과 돌을 뚫는다. 진실 일념은 무엇이고 뚫고 나가지 못함이 없다.

- 주자 -

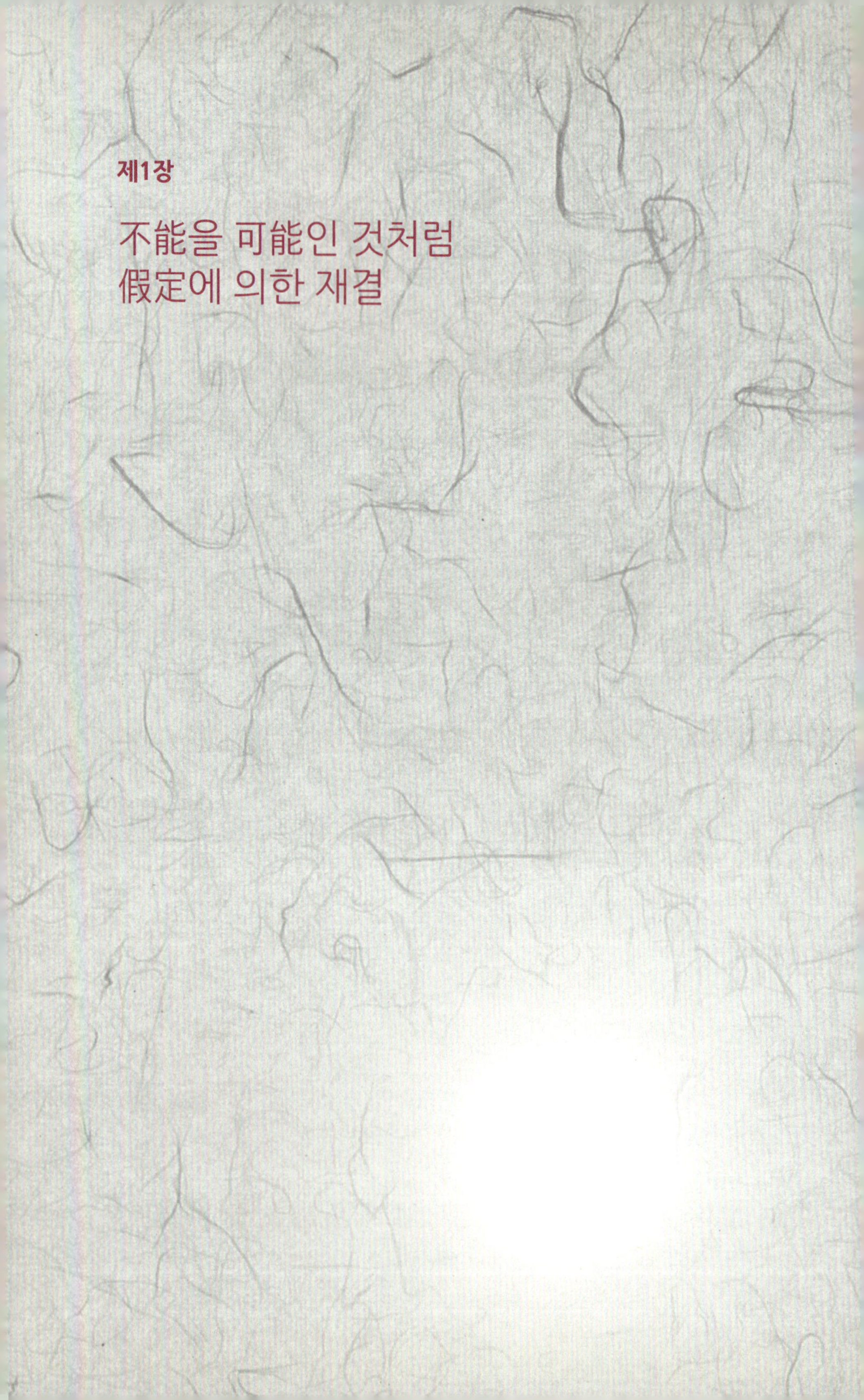

제1장

不能을 可能인 것처럼
假定에 의한 재결

不能을 可能인 것처럼 假定에 의한 재결

▲ 이 사건이 출발하게 된 경위와 다툼요지

경상북도 팔공산도립공원에는 공원을 결정하는 도면으로 '공원대장'이란 게 있었다(군위군). 따라서 경상북도는 공원대장에 의하여 공원행정을 하여 오다가, 1997년경 갑자기 '트레싱원도 1부 청사진 6부'를 꺼내고는 국립지리원에서 고시한 공원경계측량도라며 바꾸어 행사하였다. 이로 인해 나의 토지가 갑자기 공원구역 안으로 바뀐 것처럼 작출(作出)되었다. 주변에서도 공원구역 밖이라며 허가를 내어 준 식당이, 갑자기 공원구역 안에서 식당을 영업하는 꼴이 되어 버렸다.

그리하여 국무총리행정심판위원회에 행정심판을 청구하게 된 것이다. 종래까지 사용하던 '공원대장'(군위군)이 옳으냐? 아니면 경상북도가 새로 사용을 시작한 '트레싱원도 1부 청사진 6부'가 옳으냐?가 다툼의 시작이었다. 그런데 행정심판에서는 공원결정처분 도면은 이도 저도 아니고 새로이 '1980. 5. 13. 팔공산도립공원구역도'를 내세웠다. 그렇지만 '1980. 5. 13. 팔공산도립공원구역도'는 누구도 공원경계선을 알 수 없는 불명도면이었다.

그러면 이 사건은 공원경계선을 아무도 모르는데, 국가기관은 과연 유령도면을 두고 어떻게 공원행정을 하여 나가는지 우리 함께 지금부터 그 슬픈 코미디를 보아 나가도록 하자.

1. 행정심판의 청구취지(청구목적)와 답변취지(답변목적)

1) 행정심판과 행정소송이란?

보통 소송하면 대다수가 민사/형사/가사소송이지만, 그 외 행정소송이 있다. 국가기관에서 행하는 강제성을 띠는 법집행행위를 행정처분 혹은 처분이라고 하는데, 이러한 국가기관의 처분이 부당하다고 생각되는 이가 국가를 상대로 제기할 수 있는 불복 방법이 행정심판 청구이고 그다음은 행정소송이다. 행정심판은 보통 상급기관에 설치되어 있는 '행정심판위원회'에서 행해지게 된다. 그런데 1998년 행정법원이 설치된 후인 지금은 행정심판을 거치지 않고도 바로 행정처분 취소 소송이 가능하다.

2) 청구인의 청구취지(공원대장이 공원결정처분도면이다)

스캔 : 재결서 판단(1)의 (다)에서

(다) 팔공산도립공원의 지정 및 계획결정 당시 피청구인으로부터 공원관리청의 직무를 일부 위임받은 청구외 군위군수가 공원구역관리의 편의를 위하여 구공원법상 규정이 없는 토지기본조사서(1982년 자연공원법 개정 후 공원대장을 작성하면서 공원대장에 포함하여 관리)를 작성하였고, 이에 의하면 공원구역에 포함된 각 토지의 필지별 면적과 소유자 등이 구체적으로 기재되어 있고 공원의 총면적이 공고된 면적과 일치하며, 이 사건 토지는 공원구역에 포함되어 있지 않았다.

청구인은 팔공산도립공원에서 공원결정도면은, '트레싱원도 1부 청사진 6부'가 아니라 공원관리청이 작성하고 그동안 행사하여 오

던 공원대장이라고 하였다. 그리고 위의 재결서를 보면 공원대장
에 의해서는 "이 사건 토지는 공원구역에 포함되지 않았다"라고 적
고 있다.

*아무리 작은 거짓말이라도 가만히 내버려두면

지옥의 불길처럼 사나운 기세로 커진다.

- 그라시안 -

3) 피청구인의 답변취지(답변목적)는 '각하'이었다

스캔: 피청구인의 답변서에서

o 심판청구의 대상이 되는 처분의 내용 : 없음

막상 사건이 진행되니 피청구인은 공원결정처분도면은 '1980. 5.
13. 팔공산도립공원구역도'이고, 위 스캔을 보면 '트레싱원도 1부 청
사진 6부'에 대해서는 "심판청구의 대상이 되는 처분의 내용 : 없
음"이라며 **'각하'**를 요구하였다. 실제로도 '트레싱원도 1부 청사진
6부'의 본질을 보면 문서의 진정성을 책임질 작성명의인의 표시가
없으니 하나의 낙서이었다.

*새로운 것은 진실인 것이 없고, 진실엔 좀처럼 새로운 것이 없다.

- 리히텐베르크 -

*거짓말은 불행을 몰고 오는 여신의 기수이다.

- 쟝 지로도 -

2. 이 사건 심리과정

그러자 당시 행정심판위원회에서는 공원결정처분도면을 공원대장도 아니고 '트레싱원도 1부 청사진 6부'도 아니고, 불명확한 '1980. 5. 13. 팔공산도립공원구역도'(축척1/50,000)로 정할 심산이었다. 그리하여 청구인의 토지에 대해서도 '1980. 5. 13. 팔공산도립공원구역도'(축척1/50,000)를 기초로 공원경계선을 확인측량한 것처럼 시늉만 내고 얼버무려 넘어가려고 한 것 같다.

그리하여 첫 번째 행정심판위원회(00명의 위원 참석)에서는 그 공원경계 측량을 위해 대한측량협회를 부르자고 하고는 바로 헤어졌다. 경계측량을 할 수 있는 기술자격자는 대한지적공사(지적기사)인데, 여기서는 경계측량과 아무 관련 없는 대한측량협회(측지기사)를 부르자고 하고 있으니, 결국 '경계측량'이란 쇼가 필요하단 뜻 아닌가?

아무튼 두 번째 행정심판위원회에 참여한 대한측량협회 기술부장은 경계측량이 불가하다고 하였다. 또 다시 위원장이 간곡히 부탁하였지만, 기술부장은 그 자리에서 벌떡 일어나 "1:50,000 지형도에 표시된 경계선을 측량한다는 것은 평생을 통하여 들은 바도 없다"고 하였다. 그러자 위원회에서는 다음에는 당시의 작업자를 부르자고 하면서 헤어졌다.

그런데 다음번에 참여한 '트레싱원도 1부 청사진 6부'를 만들었다는 작업자(지적측량기술자격자가 아님)도 1:50,000 지형도에 표시된 경계선을 측량한다는 것은 불가하다고 하면서, 당시 자기들은 공원도면을 본 바도 없고 주어진 과업을 수행하였다고만 하였다.

아무튼 이렇게 하여 행정심판위원회는 종결되었다.

그 뒤 행정심판위원회 내부에서는 논란이 많이 있었던 것으로 안다. 무엇인지 모르지만 소수의견자의 반발이 강렬하였던 것 같다. 그것도 모르고 청구인은 1년 뒤 시간만 끌고 있었기에 판단을 독촉하게 되었다. 그리고 재결서를 받아보니 세상에 어째 이런 일이……

3. 결론을 상반되게 2개로 적은 양다리 작전 재결서

1) 주위적 청구 : '트레싱원도 1부 청사진 6부'에는 '처분이 없다'

스캔: 재결서 4.나(판단).(2) 주위적 청구에서는 '각하'라는 재결

관리청이 행하는 경계측량, 경계석의 설치 등은 공원구역의 효율적인 보호, 관리를 위하여 이미 확정된 경계를 인식, 파악하는 사실행위에 지나지 아니하므로(대판 92누2325), 이는 행정심판의 대상이 되는 처분이 존재하지 아니하여 심판청구요건을 결한 부적법한 심판청구라 할 것이다.

이 사건에서는 '1980. 5. 13. 팔공산도립공원구역도'를 공원결정처분도면으로 보았다. 그러면 그 외 다른 도면은 모두 가짜도면이다. 그러므로 위의 주위적 청구에서는 '트레싱원도 1부 청사진 6부'에 대해 처분도면이 아니므로 행정심판의 대상이 아니라고 하였다. 피고 답변서 '각하'와 같다. 처분이 없는 도면이란 것은 행정행위에 사용할 수 없다는 뜻이다.

2) 예비적 청구: '트레싱원도 1부 청사진 6부'에는 '처분이 있다'

스캔: 재결서 4.나(판단).(3) 예비적 청구에서

그런데 이곳 재결서에서는 예비적 청구라는 말을 하나 더 추가하
였다. 그런데 세상에 어째 이런 일이……

여기 예비적 청구에서는 '트레싱원도 1부 청사진 6부'를 두고 '공
고된 도면을 근거로 측량법에 의한 땅 높이를 측량하고 공원경계
를 표시하였다면…'이라는 가정(假定)을 세워 놓고는, 위의 주위적 청
구의 재결과는 반대의 재결을 또 추가한 것이다.

이 사건 심리 중일 때는 '트레싱원도 1부 청사진 6부'에 대해서는
낙서로 보았기에 아무도 언급조차 하지 않았다. 오직 '1980. 5. 13. 팔
공산도립공원구역도'만을 확인하기 위해서 대한측량협회 기술부
장 등을 불러 놓고 온갖 시도를 다하였지만 결국은 경계확인측량
이 불가능한 도면이라는 것만 확인하였다. 그런데 마지막 재결서
를 보니 갑자기 낙서(**트레싱원도 1부 청사진 6부**)를 두고 공원경계측량도인
것처럼 지록위마(**指鹿爲馬: 사슴을 가리키며 말이라 하다**)하며 적혀있다. 그러면

서 그 원인에 대해 설명해야 할 곳에서는 '땅 높이를 측량하여 공
원경계선을 표시하였다면…'(공원도면의 확인측량이 아님)이라고 불법(不法)·불
능(不能)의 사실에 의해 가정(假定)으로 적었다. 그리고는 이내 그 불법
(不法)·불능(不能)의 가정(假定)을 사실인 듯이 취급하여 이 사건을 '기각'
으로 재결하였으니 참으로 요상한 재결 아닌가?

* 법률적 불능, 사실적 불능
불능의 이유가 법률상 허용되지 않는 데 있는 것을 법률적 불능이라 하고,
기타 자연적 물리적 불능을 사실적 불능이라 한다.

*거짓말을 피리 부는 것 같이 술술 장황하게 늘어놓는 것은 낯가죽
이 두꺼운 인간이다.

- 시경(詩經) -

*인간을 비추는 유일한 등불은 이성이며, 삶의 어두운 길을 인도하
는 유일한 지팡이는 양심이다.

- 하인리히 하이네 -

4. 문제점인가? 코미디인가?

1) 공원도면을 불명확도면에서 선정하다니? 무책임한 재결서

스캔: 재결서 4.나(판단).(3)에서

> , 피청구인이 1980. 5. 13.
> 경상북도공고 제78호로 경상북도 달성군, 칠곡군, 군위군, 경산군, 선산군,
> 영천군 일부의 팔공산 일대 122.08㎢를 팔공산도립공원으로 지정·공고
> 하였으므로 이 사건 토지가 공원구역에 포함되는 지의 여부는 일응 이
> 공고에 의하여 결정되는 것이라고 할 것이고,

위 재결서에는 '1980. 5. 13. 팔공산도립공원구역도'가 공원결정처분도면이라고 하였다. 그러나 그 도면은 공원경계선이 불명확한 도면이다. 이 사건 심리 도중에 위 도면을 두고 경계확인측량을 시도하였지만 어떠한 방법으로도 불가능하였던 도면이다. 그럼에도 불구하고 그러한 사실을 누구보다도 잘 알고 있는 위 행정심판위원회에서 공원결정도면을 위 도면으로 선정하였으니 얼마나 무책임한 결정인가? 이 일은 향후 긴 세월을 불법적으로 공원행정을 하도록 유도 및 예고하고 있다.

*처음에는 진실과 조금밖에 빗나가지 않은 것이라도 후에는

천 배나 벌어지게 된다.

- 아리스토텔레스 -

스캔: 재결서 5. 결론

5. 결 론

그렇다면, 청구인의 주위적 청구는 심판제기요건을 결한 부적법한 심판청구이므로 이를 각하하고, 청구(행)(예비적) 청구는 이유없다고 인정되므로 이를 기각하기로 하여 주문과 같이 재결한다.

위 재결서에서는 똑같은 '트레싱원도 1부 청사진 6부'(팔공산도립공원 경계측량도?)를 두고, 주위적 청구에서는 '각하(행정처분이 없다)'라고 하였고, 그러나 예비적 청구라는 조항을 별도로 만들고는 여기서는 '기각(행정처분이 있다)'이라고 하였다.

즉 반대의 판결을 동시에 한 것이다. 세상에 어째 이럴 수가……

* 예비적 청구를 할 수 있는 경우? (예시)
원고의 주위적 청구: 혼인무효 확인청구
원고의 예비적 청구: 이혼 청구
위와 같은 소송에서 혼인의 실체가 있다고 보면 주위적 청구를 배척하게 되니 '기각'이라고 한다. 그러나 원고가 주위적 청구가 기각되었을 때에 대비하여 예비적 청구로 이혼 청구를 추가하였는데, 원·피고의 별거 상태가 장기간 지속되었을 때는 그 예비적 청구가 받아들여지는 경우가 있다.

위의 예로 보면 예비적 청구는 주위적 청구가 기각(棄却)되었을 때에만 일어나고 또한 청구 내용이 다른 사항이라야만 판단 추가가 가능하다.

그렇지만 이 사건에서 청구인의 경우는 예비적 청구를 추가한 바 없다. 또한 청구인의 주위적 청구는 '각하'되었지 '기각'된 것이 아

니다. 더구나 이 사건 재결서에서 적은 주위적 청구와 예비적 청구
는 다른 사항이 아니고 같은 사항이다.

그럼에도 불구하고 여기서는 똑같은 낙서를 두고, 주위적 청구와
예비적 청구라는 이름으로 반대의 판단을 동시에 한 것이다.

아무튼 이 후도 같은 소송이 계속되지만 하나의 판결문에서 같은
낙서를 두고 판단을 '각하'와 '기각'으로 두 번하여 양다리 작전을
하는 곳은 여기뿐이다.

3) 불능(땅 높이를 측량하여 공원경계선이 나온다면)을 가정으로 하여

스캔: 1998년 환경부 재결서에서

(3) 다음으로 이 사건 토지에 대한 팔공산도립공원지정처분의 부존재
확인을 구하는 예비적 청구에 대하여 살펴보면, 피청구인이 1980. 5. 13.
경상북도공고 제78호로 경상북도 달성군, 칠곡군, 군위군, 경산군, 선산군,
영천군 일부의 팔공산 일대 122.08㎢를 팔공산도립공원으로 지정·공고
하였으므로 이 사건 토지가 공원구역에 포함되는 지의 여부는 일응 이
공고에 의하여 결정되는 것이라고 할 것이고, 나아가 공원관리청이 공고된
도면을 근거로 측량법 소정의 규정에 따라 공원의 경계현황을 측량하고
공원의 경계를 표시하였다면 그 측량 또는 경계표시가 명백히 잘못된 것이
라는 반증이 없는 한 일응 그 측량에 의한 경계표시는 공원의 지정·공고
당시의 경계와 일치하는 것으로 보는 것이 합리적이라 할 것이므로,
측량에 의하여 이 사건 토지가 공원구역내에 위치한 것으로 확인된 이상 이
사건 토지에 대한 팔공산도립공원지정처분부존재확인을 구하는 청구인의
주장은 이유없다고 할 것이다.

위의 재결서에서 예비적 청구에 대한 내용을 보면 "1980. 5. 13. 경
상북도공고 도면을 근거로 측량법 소정의 규정에 따라 현황측량(땅 높
이 수준측량)을 하고 공원의 경계를 표시하였다면…"이라는 말이 있다.

그런데 이것 참 머리 아프다. 도면을 보고 어떻게 땅 높이 측량을 할 수가 있나? 측량법으로는 공원도면을 볼 수도 없고, 땅 높이 측량으로는 공원경계선이 나오지도 않고, 국립지리원고시로는 공원경계측량선을 고시할 수도 없다. 그런데도 위에서는 그 있을 수 없는 불법·불능의 사실을 가정법(假定法)으로 적어 놓고 이에 의해 재결하였으니 기가 찬다.

4) 요상한 방법으로 측량대상을 바꿔치기(토지측량⇒도면측량)

스캔: 1998년 환경부 재결서에서

(라) 1987. 9. 1. 공원관리업무가 군위군수에서 팔공산도립공원관리사무소로 이관되자 1991. 7. 동 사무소장이 1980. 5. 13. 고시된 팔공산도립공원구역도(1:50,000 도면)를 기준으로 측량을 실시하였고, 이 사건 토지에 대한 측량은 1992. 3. 13. ~ 1992. 5. 30. 사이에 실시되어 국립지리원 고시 제1992-121호(1992. 7. 23.)로 고시되었으며,

위에서는 '1980. 5. 13. 팔공산도립공원구역도'(1:50,000)를 기준으로 측량법에 의해 토지에 대한 측량을 하였다는데 한마디로 웃기는 이야기이다. 위의 내용 중에 나오는 '측량법', '토지에 대한 측량', '국립지리원 고시'라는 말은 모두 실지(實地)의 등고선(等高線)을 파악하기 위해 토지(땅)에 대한 높이측량(水準測量)을 하였음을 말한다. 그런데 위 서두에는 '1980. 5. 13. 팔공산도립공원구역도(1:50,000)를 기준으로 측량'이라고 하였으니, 이는 결국 관공서에 도면으로만 존재하고 있는 1980. 5. 13. 팔공산도립공원구역도에 대해 높이측량(水準測量, 레벨측량)을 한 것처럼 되어 모순(矛盾)이 된다.

5) 요상한 성과도면 바꿔치기의 현장을 들여다보자

스캔: 재결서 4.나(판단).(1).(라)에서

> 공공측량성과(①공공삼각점-수량: 3점, 정확도, ②지형현황도 수량: 24도엽, 정확도: 축척 1:1,200, 평면오차 0.5㎜이내, 등고선간격, 도면의 크기), 측량기간(1992. 3. 13. ~ 1992. 5. 30.), 성과보관장소(팔공산도립공원 관리사무소) 등의 내용을 포함하고 있으며, 위 측량성과인 1:1,200도면에 나타난 경계선에 의하면 이 사건 토지가 공원구역에 포함된 것으로 되어있다.

위에서 보면 원인에 대한 설명을 할 때는 땅 높이(高低)를 측량하여 만든 '지형현황도(축척 1:1,200)'와 '등고선간격'에 대해 설명하고 있다.

(국립지리원고시, 공공측량, 공공삼각점 모두 땅 높이 측량의 관련 용어) 그러나 마지막에 "1:1,200 도면에 나타난 경계선에 의하면" 이라고 적을 때는, 순식간에 "지형현황도"와 "등고선간격"이란 말은 사라지고, "도면(공원경계측량도)"과 "경계선"으로 바꿔치기 되어 있다. 그리하여 원인행위는 땅 높이(등고선)를 측량하였는데, 성과결과는 공원넓이(공원경계선, 공원경계측량도)가 나온 것으로 되어 버렸다.

그러므로 우리는 판단을 할 때 사실이나 증빙이 슬며시 그러나 번개같이 바꿔치기 되는 양상을 여기서 확실히 보아두자.

*바보도 누구나 진실을 말할 수는 있다. 하지만 거짓말을 잘 하려면 지각이 좀 있어야 한다.

- 사무엘 버틀러 -

6) 피청구인은 각하를 요구하였는데도 엉뚱하게 승소를 받았으니

'1980. 5. 13. 팔공산도립공원구역도'가 불명도면이라는 것은 세상이 다 아는 이야기이다. 그리하여 청구인으로 봐서는 행정심판청구를 하였지만, 위와 같은 "땅 높이 측량으로 공원경계선을 찾았다"는 불법·불능의 요술(妖術)을 등장시키는 바람에, 상상도 하지 못했던 혹을 하나 더 붙인 격이 되었다. 그렇지만 피청구인으로 봐서는 '트레싱원도 1부 청사진 6부'에 대해 "각하"(처분이 없다)를 요구하였는데, 거꾸로 땅 높이 측량으로 공원경계선을 찾은 성과도라며 "기각(처분이 있다)"으로 선물 받았으니 세상에 어째 이런 일이!

강자와 소송하면 이런 거꾸로 된 현상(판결)도 일어남을 기억해 두자.

5. ***위원회(다수결)의 성격은 법을 배제하기 위함인가?

① ***위원회와 다수결의 횡포

***위원회에서는 특정의 의견이 다수의 찬성이 되면 그것이 올바른 선이라고 치부한다. 그것을 이유로 소수의 반대자를 잘못·악이라고 파악한다. 이러한 현상은 폐쇄적인 환경 속에서 의견이 맞는 다수가 의견이 맞지 않는 소수에게 불법적인 행동에 동참을 강요하게 된다는 것이다.

아무튼 정부기관에도 ***위원회란 것이 많이 있다.

보통 고위 공무원이 위원장이 되고 위원은 공무원과 일반인을 혼합하여 구성하는 것으로 알고 있다. 그런데 ***위원회의 결정은 사실상 위원장의 의견에 주로 따르고, 위원이란 임명권자의 비위만 맞춰주는 거수기 역할만 하는 경우 많다. 누가 시켜서가 아니라 위원들은 그 자리를 유지하기 위해서 기회주의적이고 이기주의적이 되다 보면 저절로 상부상조하게 되는 것 아닌가? 강자가 법을 위배하면서 편재적인 권력을 행사하여도 다수결(多數決)의 원칙이란 말로 탈법을 물 타기하는데 한통속이 되는 것 아닌가?

② 다수의 횡포에 대한 성경말씀

성경 출애굽기 23장 2절 "다수를 따라 악을 행하지 말며 송사에 다수를 따라 부당한 증언을 하지 말며"

'다수결'을 흔히 민주주의의 원칙이라고들 한다.

절대 권력자 한 사람의 권위에 대항하기 위해서 나온 민주주의 국가에서 '다수결의 원칙'이라는 말은, 오늘날에 와서는 세상 모두가 인정하는 갈릴레오(地動說) 같은 석학(碩學)이라도 그는 다수(多數)보다는 못하다는 것이 된다. 그러므로 우리는 자주 다수(多數)에 의한 횡포가 일어나는 현상을 보게 되곤 한다. 다수의 의견이라고 해서 다 옳은 것이 아닌데도, 다수의 결정사항에 이의를 제기하면 원만한 사람이 아니고 별난 사람으로 여겨진다. 그러다 보니 사람들은 다수의 의견을 적당히 따라준다.

그러나 위의 성경 말씀(출23:2)을 보면 아무리 다수의 의견이라 할지라도 그것이 정의롭지 못할 때는 용기 있게 반대할 줄 알아야 한다고 가르치고 있다. 법과 진리를 지키려는 양심이 있어야 한다는 것이다.

③ 당시에 '다수의 횡포'에 맞선 소수의견이 있었으니

이 사건 행정심판위원회로 다시 돌아가 보자.

그 당시 다수결 위원들은 공원도면을 유명무실한 도면으로 정하였을 때의 엄청난 부작용을 한 번이라도 생각해 보았을까? 그리고 피청구인이 요구하지도 않았는데도 '트레싱원도 1부 청사진 6부'를 두고 가정으로 경계측량의 성과인 것처럼 또한 처분도면인 것처럼 간주하고서 피청구인에게 승소까지 안겨 주는 것에 대해서는?

그런데 당시 행정심판위원회 위원 중에는 위와 같은 와중에서도 공원도면을 불명확한 도면으로 할 수 없고, '트레싱원도 1부 청사진 6부'는 지형 낙서에 지나지 않음으로, 다수를 빙자한 횡포보다는 법을 지키자고 주장한 소수가 있었다는 것이다, 그 위원은 회의 도중 피청구인(경상북도 소송수행자)에게 당시 자연공원법 제44조와 공원관리청은 "주민을 기만할 목적으로 공원대장을 만들었느냐?"라며 따지는 것을 보았다.

그러나 피청구인은 아무 대답을 하지 못하였다.

법과 양심과 정의를 지키려는 그분의 말대로 공원대장을 공원결정도면으로 하였더라면, 지금과 같이 유령도면을 공원결정도면이라며 허수아비로 내세워놓고 실제로는 지형 낙서를 행사하면서, "땅 높이를 측량하니 공원경계선이 나오더라"라는 괴상한 요술을 말하지 않아도 되었을 것이다.

*진리와 기름은 모든 것 위에 있다.

- g. 허버드 〈명궁〉 -

진짜 도면은
공원계획 기본고시와
공원대장

제2장

진짜 도면은 공원계획 기본고시와 공원대장

이 장에서는 우선 팔공산도립공원의 생성과정 즉 공원결정처분 도면이 무엇인지? 에 대해서 한 번 짚고 넘어가야 할 것 같다.

따라서 아래에서는 1981. 5. 20. 제1차 팔공산도립공원계획결정고시와 당시의 자연공원법 제44조(현재는 자연공원법 제35조)에 의한 공원대장 작성까지 공원을 획정하여 온 과정을 설명한다.

1. 우리나라 공원도면의 불행한 출발

1) 팔공산도립공원 지정도면

①팔공산도립공원 지정도면은 두 장으로 된 복층 구조의 도면

스캔 : 1980. 5. 13. 팔공산도립공원 지정 공고문

경상북도 공고 제78호

　　팔공산 도립공원 지정공고

　공원법 제3조 제3항의 규정에 의하여 다음과 같이 팔공산 도립공원을 지정하였기 동조 제6항의 규정에 의하여 이를 공고한다

1980년 5월 13일

경상북도지사 김 무 연

1. 공원의 명칭과 종류 : 팔공산 도립병원
2. 공원의 구역 (도면의 표시와 같음) : 경상북도 달성군 칠곡군 군위군 경산군 선산군 영천군 일부
3. 공원의 면적 : 122.08㎢
4. 지정의 위치 : 팔공산 일대의 수려한 자연 풍경지를 보호하고 국민의 보건휴양 및 정서 생활의 향상에 기여 하기 위함
5. 지정 년월일 : 1980. 5.
6. 공원 관리청 : 경상북도지사

팔공산도립공원은 1980. 5. 13. 경상북도공고 제78호(1/50,000 팔공산도립공원구역도)로 지정되었다. 그러나 위의 공고문 한 장이 전부이므로, 그 내용을 자세히 들여다보면 "(도면의 표시와 같음)"이란 말이 있다.

그리하여 1980년대 중반에 나는 이 도면을 찾아 헤맨 적이 있다.

도면은 관할 군에는 어디에도 없었고 경상북도에만 딱 하나가 있었다. 그 도면(1/50,000 팔공산도립공원구역도)은 바탕지도가 짜깁기된 지도였다. 서점에서 팔공산 인근의 여러 郡지도를 사다가 그 중에서 팔공산 부분만 도려내고는 서로 스카치테이프로 대충 붙여서 만든 '팔공산 지도'이었다.

그 과정에서 테두리에 있어야 할 경·위도(經·緯度) 표시가 전부 잘려 나가고 없었으므로, 지도라기보다는 '팔공산 그림'이라고 해야 맞을 것 같다. 이러한 짜깁기된 '팔공산 그림' 위에 투명한 트레싱지(미농지)가 얹혀 있었고, 그 트레싱지(미농지)에는 지적선도 기준선도 없이 공원경계선 표시만 있었다. 즉 공원도면을 구성하는 인자는 아래 도면(팔공산이 그려진 바탕지도)과 위 도면(하얀 투명한 트레싱지에 공원경계선만 그려진 것)으로 즉 2종을 포개어야 완성되는 복층 구조이었다.

그러므로 접고 펼칠 때마다 아래 도면(바탕지도)과 위 도면(트레싱지)은 서로 어긋나게 되었다. 따라서 지적선이나 지번 표시는 아예 없고 공원경계선 하나뿐인데 그것마저도 바탕지도와는 왔다 갔다 하는 형태이었다. 그런데 경상북도 공원 담당자는 2종을 포개어야 완성되는 이러한 복층구조의 도면을 그냥 접어서 책꽂이에 보관하고 있었으니, 위에 있는 연약한 트레싱지(미농지)는 이내 해져 없어졌을 것으로 추정된다. 아무튼 지금은 이름만 있고 실체가 없으니 유령(귀신)과 같은 도면이다.

② 팔공산도립공원 지정도면은 공원경계선 확인이 불가능

스캔: 1997.9.25. 국립지리원 질의회신

국 립 지 리 원

우442-380 경기 수원 팔달 원천111/ 전화(0331)210-2660/전송(0331)210-2644 담당

문서번호 측지 58250- 980
시행일자 1997. 9. 25

제목 질의회신

귀하께서 질의하신 민원사항에 대하여 다음과 같이 회신합니다.

- 다 음 -

1. 질의1에 대하여

1/50,000지형도는 지형·지물·지물 행정경계등 지표현황을 일반인이 쉽게 볼수 있도록 1/25,000지형도 축소편집한 편집도로서 동 지형도를 이용하여 개략적인 계획수립등은 할 수 있으나 동 지형도를 이용하여 경계확인측량은 할수 없음(측지58251-767, '97.7.30 참조)

위 공원도면은 실제로 존재한다 하여도 위의 국립지리원의 질의회신을 보면 1:50,000 지형도에 그어져 있는 경계선으로는 개략적인 계획수립 등은 할 수 있으나 '경계확인측량은 할 수 없음'이라고 하였다.

이는 곧 짝퉁(공원경계측량도)을 만들 수 없다는 뜻이 된다.

2) 공원기본계획고시로 관할 郡별 공원면적 획정

전항과 같이 공원지정도면이 불명확하였기 때문에 당시 경상북도지사는 팔공산도립공원계획 기본고시(1981. 5. 20. 경상북도고시 제115호)를 연이어 실시하였다.

스캔: 1981. 5. 20. 제1차 팔공산도립공원계획결정고시

팔공산 도립공원 계획 결정에 관한 고시
자연공원법 제11조의 규정에 의하여 다음과 같이 팔공산 도립공원 계획을
정 하였으므로 동법 제14조의 규정에 의하여 이를 고시한다
(단 조서 및 도면은 관할군인 달성. 칠곡. 영천. 경산. 군위. 선산군에 비치
한다)

1981년 5월 20일
경상북도지사 김 성 배

공원의 명칭	팔공산 도립공원	계 획	결 정
용도지구계획	조서 및 도면의 표시와 같음		
공원시설계획			
공원관리계획			

스캔: 1981. 5. 20. 제1차 팔공산도립공원계획결정고시의 조서 일부

가. 位置 및 面積
o 6郡 9面 36個洞

行 政 区 域 別		公 園 区 域		公園隣接地域入口	
		面 積 (㎢)	構成比	人 口	構成比
合 計		122.08	100 %	76,209	100 %
軍威郡	小 計	21.695	17.8	12,269	16.1
	缸溪面	19.213		6,386	
	山城面	2.482		5,883	
達城郡	小 計	30.593	25.1	10,752	14.1
	公山面	30.593		10,752	

이때 만든 도면은 복층구조도 아니고 짜깁기 도면도 아니고 당
시로는 드물게 정식으로 컬러인쇄 되어, 처음으로 확정한 군별(郡別)

공원면적조서와 함께, 처음으로 관할 군 모두에게 배포되었다.

그리하여 위의 표와 같이 군위군(**공원구역 21.695㎢**), 달성군(**공원구역 30.593㎢**) 등의 공원면적이 획정되었다. 그러므로 그 후 달성군(**현 대구광역시 동구청**)은 위 고시에 포함된 조서 및 도면을 지금도 그대로 지키고 있다. 그러나 경상북도는 지금 위 고시된 조서를 버리고 그 대신에 낙서(**트레싱원도 1부 청사진 6부**)에 의해 그 자리를 대체시키고 있다.

2. 자연공원법 제44조에 의한 공원대장(필지별 공원의 획정)

최초의 공원법은 3장(**1967년 제정**)뿐으로 간단하다.

전국의 자연공원 모두 공원 지정 시는 50,000분의 1 혹은 25,000분의 1 지도에 경계선을 표시하여 지정하였지만 어느 공원이든 이들 지도만으로는 개별 필지별 공원편입내용을 알 수 없었다. 그러므로 자연공원법에는 공원계획 기본고시와 공원대장(**1967년 공원법 제정 시부터 지금까지 50여 년 동안**)을 만들어 공원경계를 획정하도록 되어 있었다.

그리하여 1983년 군위군수는 당시의 자연공원법 제44조(**시행규칙 제16조의2**)의 강제규정 때문에 자연공원법 제17조제2항에 의한 공원관리청의 자격으로써, 제1차 팔공산도립공원계획결정고시의 조서와 도면을 근거로 팔공산도립공원 공원대장(**도면, 조서**)을 만들고 경상북도에 보고하였다. 공원 담당자들의 말을 빌리면 공원대장이 없는 공원은 상상도 할 수 없다고 말한다. 공원에 공원대장이 없으면 무엇을 보고 공원행정을 하느냐고 되묻는다.

◎건설부령제348호
자연공원법시행규칙중개정령을 다음과 같이 공포한다.
1982년 12월 29일
건설부장관 ㉞
자연공원법시행규칙중개정령
자연공원법시행규칙중 다음과 같이 개정한다.
제3조 및 제4조를 각각 다음과 같이 한다.
제3조 (공원지정등의 고시) ①법 제7조의 규

5. 공원의 폐지 또는 구역변경에 따라 제1항제5호 내지 제7호의 사항중 변동되는 사항
6. 공원의 폐지 또는 구역변경 연월일, 고시번호 및 고시기관명
7. 공원의 폐지 또는 구역변경에 따른 관계도서의 열람에 관한 사항
제4조 (공원계획의 고시) 법 제14조의 규정에 의한 공원계획의 결정 및 변경의 고시에는

⑧법 제22조의 규정에 의한 공원관리청이 아닌 자에 대한 공원사업시행허가는 제4조의2 제1항의 규정에 의한 기본설계에 적합한 때에 한하여 하여야 한다. 다만, 제4조의2 제1항의 규정에 의한 기본설계와 확정되지 아니한 경우 동조 제2항의 규정에 준하여 공원관리청의 승인을 얻은 사항에 대하여는 그러하지 아

제16조의2를 다음과 같이 신설한다.
제16조의2 (공원대장의 서식) ①영 제28조제1항의 규정에 의한 공원대장은 별지 제10호서식의 공원지정대장, 별지 제11호서식의 공원계획대장 및 별지 제12호서식의 공원관리대장으로 구분하여 작성하여야 한다.
②법 제17조제1항 단서의 규정에 의하여 응

1) 공원관리청이 작성한 공원대장

군위군 공원대장(도면, 조서)은 39쪽 분량으로 1982. 12. 29. 자연공원법시행규칙 별표10~12에서 요구하는 16종류의 서식을 모두 포함한다. 2페이지를 보면 소유자별, 지목별, 지구별 집계표인데 담당자, 계장, 과장, 군수(공원관리청)의 결재가 되어 있다. 그리고 군위군은 초기 십여 년간 이 공원대장에 의하여 공원행정을 하여 왔다. 아래에서 군위군이 법원에 답변한 사실조회내용을 보면 군위군 공원대장은 고시면적 21.695㎢와 일치한다고 하고 있다. 공원대장은 39쪽으로 분량이 많아 개별필지별로는 제외하고 집계표에서 일부만 그것도 축소하여 첨부하여 둔다.

	담 당 자		담	
	심 사 자		심 사 일	

수 신 대구지방법원

제 목 **사실조회서 송부**

---

1. 귀원 사건번호 98구▮▮호의 공원구역변경결정취소에 대한 사실조회서를 붙임과

같이 송부 합니다

붙 임 : 사실조회내용 1부 "끝"

사실조회내용

가. 1)군위군에서 공원대장(갑제5호증)을 언제 작성하였는지 여부

○ 공원대장(조서 및 도면) 작성 기간 :1982 ~ 1983

2) 공원대장은 무엇을 기초로 작성 하였는지 여부

○ 공원대장 작성 근거 : 경상북도 고시 제115호 ('81. 5. 20)로 고시한

1:50,000고시 도면을 기초로하여 도면을 (1:12,000)작성하였으며 당초

고시면적 21.695 ㎢와 일치함

붙 임 : 고시문 사본 1부

편입토지에 대한 조사자료를 기초로 작성하였다면그 기초자료는무엇

이며 누가(관련 행정관청)언제 작성한 것인지 여부

○ 경상북도고시 제115호('81.5.20)호로 결정고시한 팔공산도립공원 기본

종합계획도(1:50,000)로는 필지별 경계확인이 곤란하여 위 호로 결정

고시된 공원경계도면에 의거 작성되었으며 당시 지적도와 지적일람

도를 참고하여 군위군에서 1:12,000도면 및 대장을 작성하였음

※ 도면 및 조서작성 당시 담당자 및 결재자

소 속	직 위	직 급	성 명	근 무 기 간	비 고
군위군	군 수		▮▮▮	▮▮▮ ~ '85. ▮	퇴 직
	건설과장	지방 ▮	▮▮▮	~ '85. ▮	퇴 직
	관리계장	지방 ▮	▮▮▮	~ '84. ▮	▮▮▮
	담당자	지방 ▮	▮▮▮	▮▮▮ ~ '85. ▮	건설과 ▮▮

붙 임 : 1:12,000도면 및 공원대장

4) 위 기초자료가 현재 존재하는지 여부

○ 여

공 원 대 장

(팔 공산도립공원)

1981 ~ 영구

군위군

( ) 필지수

읍별	계	보전	환경
계	21.874.900	8.111.329	13.589.571
소 계	1.794.289	799.986	994.303
산성(백학)	1.794.289	799.986	994.303
소 계	18.236.063	7.311.343	10.924.710
부제 가호	1.657.423		1.657.423
	토 33.068		토3 33.068
춘산	243.901		243.901
대율	941.577		941.577
남산	7.400.972	2.679.316	4.921.656
	토 74.332		토 74.332
동산	7.884.790	4.632.027	3.262.763
소 계	1.664.558		1.664.558
효령(매곡)	1.664.558		1.664.558

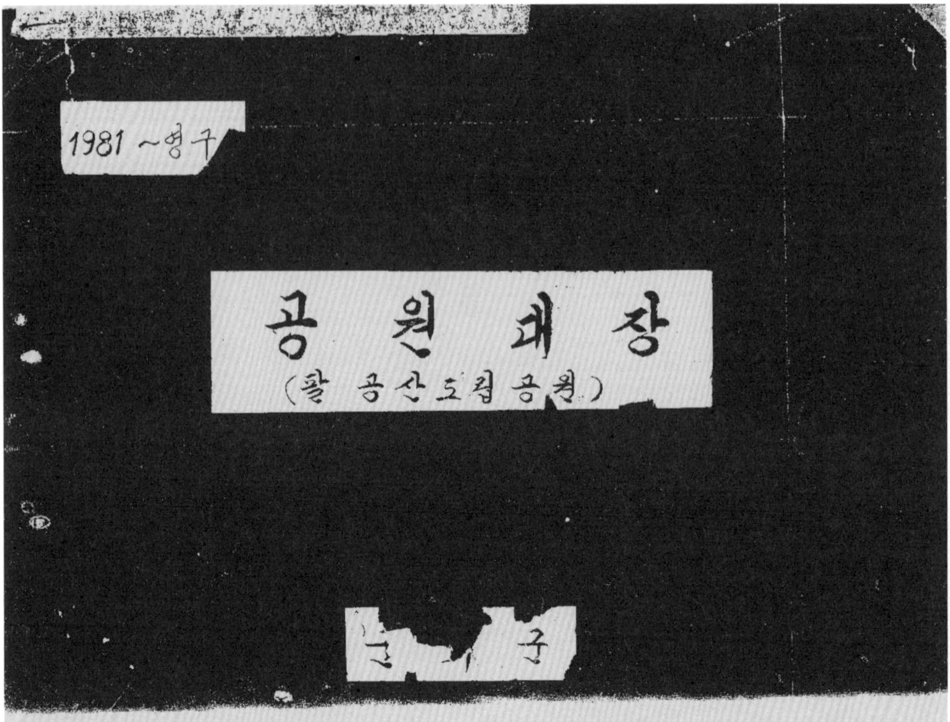

구분	계	국공유지	사유지
계	(375) 21.694.900	(21) 5.624.142	(354) 16.070.758
임야	(289) 21.526.420	(14) 8.615.332	(275) 15.911.088
전.답	(58) 63.373		(58) 63.373
초지	(1) 90.636		(1) 90.636
대지	(3) 1.623		(3) 1.623
거타	(12) 12.399	(7) 8.810	(5) 3.989

1981 ~ 1981. 5. 20 까지

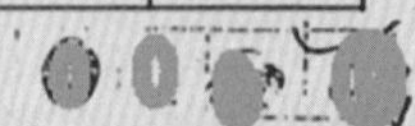

用 途 地 區 計 劃 簿　　※ 保存.環境.農漁村.集團.保護
（　　자연보존　地區　）

② 用途區分	보존			

④ 土地의 利用 및 所有別面積 （單位 : 千㎢）

	陸地計		林野		田畓		草地		垈地		其他		⑤ 行政區域別 面積			
	小計	所有計	國公有	私有	國公有	私有	國公有	私有	國公有	私有	國公有	私有	計	효령	부계	산
팔공산 도립공원	8.111												8.111		7.311	0.8

팔공산 도립 公園計劃

圖幅	도림	種類	자연경관	台帳番號	2	a	1

面積(單位)		③ 用 途 地 區 計 劃							④保護區域		⑤	⑥	⑦ 管理目標			⑧	⑨ 記錄者
	小計	保存 地區 면적	環境 地區 면적	農漁村 地區 면적	集團 地區 면적			地區 面積	施設 計劃	建物 面積	年度 理용者	普급率	圖面 數	根거 日字 記錄者
21.694	21.694	8.111	자연경관													81.5.9

地區別 土地 現況簿

台帳番號	1		2	

台帳番號	地區順位	①地區名	④ 土地의 利用 및 所有別面積 （單位 : ㎢）												⑤ 海面(國有)	⑥ 行政區域別 面積			
			陸地計		林野		田畓		草地		垈地		其他			計	효령	부계	산
			小計	國公有 私有	國公有	私有	國公有	私有	國公有	私有	國公有	私有	國公有	私有					
1	1	팔공산 도립공원	21.694	5.624 16.001	5.614	8.911		0.063		0.091		0.002	0.009	0.004		21.694	1.664	8.36

산 도림 公園指定 1/5000

圖幅	림	種類	자연경관	番號	1	a	1

面積 (單位 ㎢)		③ 土地의 利用 및 所有別 面積 （單位 : ㎢）												④ 海面(國有)	⑤地區數	⑥資源數	⑦圖面數	⑧ 根거 日字 記錄者
國公有	私有	陸地計		林野		田畓		草地		虛地		其他						
	小計	國公有	私有	國公有	私有	國公有	私有	國公有	私有	國公有	私有	國公有	私有					
5.624	16.001 (a.191)	21.694	6.64 16.001	5.614	8.911		0.063		0.091		0.002	0.009	0.004			1	1	1981 5.10

分	當初記錄		變更記錄 1			變更記錄 2			變更記錄 3		
月 日	73 年 12 月 31 日		年 月 日			年 月 日			年 月 日		

施設物別管理記錄簿

6			

자동～실악동간 進入道路	1/2,000	始 X 128° 27' 15" Y 38° 11' 51" 終 128° 40' 15" Y 38° 12' 21"	③管理者　강원도 속초시

當初記錄	變更記錄 1	變更記錄 2	變更記錄 3	變更記錄 4
年 6月 30日	82 年 1 月 30 日	年 月 日	年 月 日	年 月 日

進入道路
0.5km (步道 4.5km)
12 m : 車道 8m 步道 4m
鋪幅 8m 延長 4.5km　AP鋪裝幅 8m 延長 10.5km
鋪幅 4m 延長 4.5km
1棟 135㎡ (建物 14)
1棟 130 m
1組 65 m
400㎡ 大型 20 小型 10
1棟 170㎡ (建物 15)

國庫	地方	民資	計	國庫	地方	民資	計	國庫	地方	民資	計	國庫	地方	民資	計	國庫	地方	民資
1,400	550	285	600	600	—													
			128,383 ㎡	私有 780 ㎡			㎡	私有 ㎡			㎡	私有 ㎡			㎡	私有 ㎡		
			124,252 "	"														
			3,350 "	"														
			780	"	780 "													
81年 2月11日 記 기재	82, 1.30 記 기재																	

2) 공원대장을 보고 이 사건 토지 매입

나는 이 시기에 인생 후반부는 태어난 고향에서 보내고 싶어 이 사건 토지를 매입하게 되었다. 그 당시에는 공원도면이라고는 당시 자연공원법 제44조에 의해 만든 공원대장밖에 없었으니 이 공원대장을 보고 공원구역 밖임을 확인하고 당시 벼농사를 짓고 있던 농지와 임야를 구입하게 된 것이다.

그런데 공원대장을 행사하고 많은 세월이 흐른 후 경상북도는 아무도 모르게 소리 없이 낙서(트레싱원도 1부 청사진 6부)를 만들어 두었다가, 또 5년의 세월이 흐른 후 어느 날 갑자기 공원대장을 버리고 낙서(트레싱원도 1부 청사진 6부)에 의해 공원행정을 하게 된다.

*국가란 어머니와 같은 것이다.   - 소크라테스 -

*진실은 일반적으로 중상모략에 대한 가장 훌륭한 변호이다.

- A. 링컨 -

*사람이 서로 해치지 않게 하는 것이 정의의 역할이다.

- 키케로 -

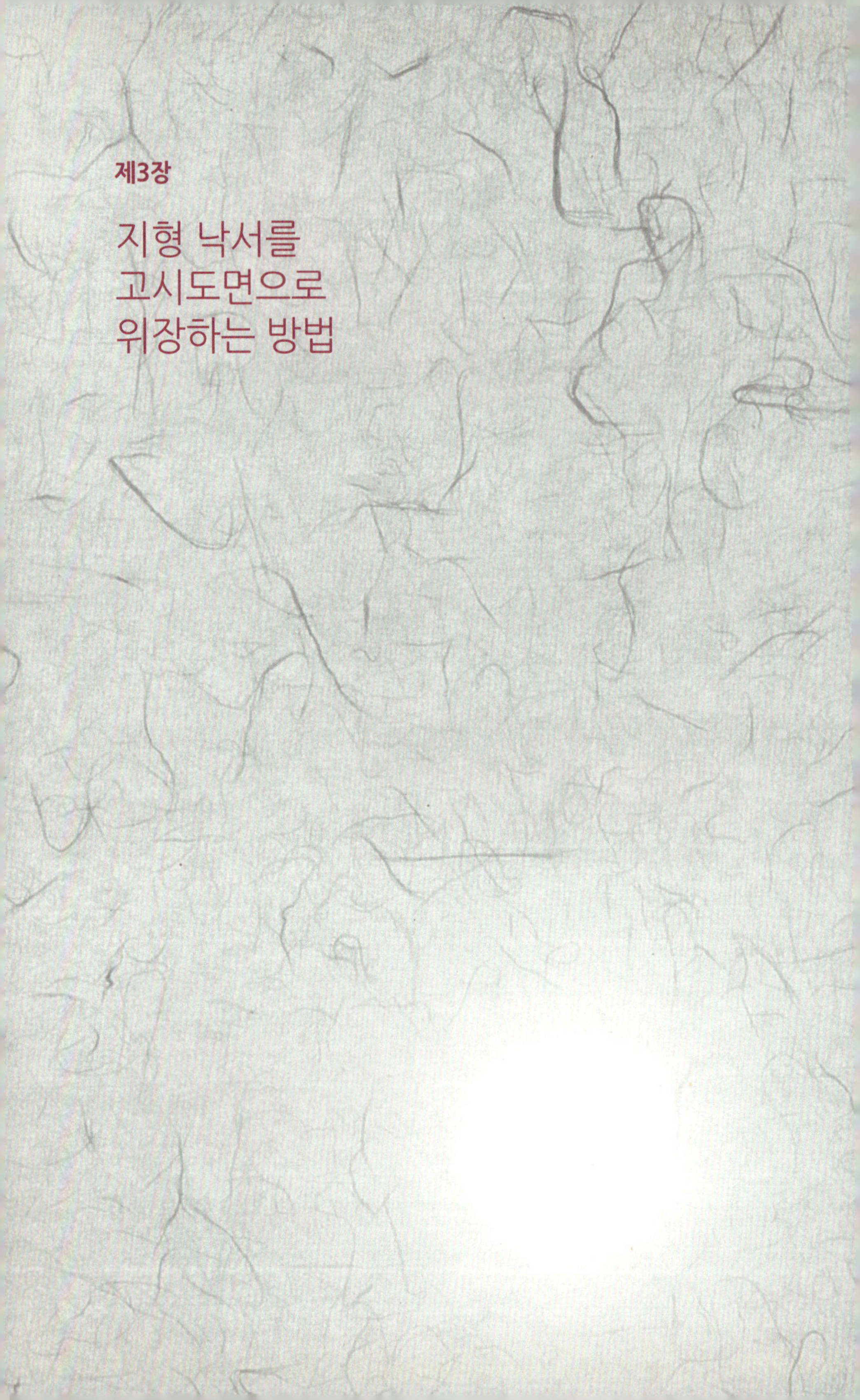

지형 낙서를
고시도면으로
위장하는 방법

지형 낙서를
고시도면으로
위장하는 방법

제3장

지형 낙서를 고시도면으로 위장하는 방법

경상북도는 팔공산도립공원에서 1981. 5. 20. 팔공산도립공원계획 결정고시와 당시 자연공원법 제44조에 의해 만든 공원대장에 의하여 공원행정을 하여 오다가, 중도에 슬며시 지형 낙서**(트레싱원도 1부 청사진 6부)**를 기초로 변경하여 행사하고 있으니, 여기서는 그 지형 낙서**(트레싱원도 1부 청사진 6부)**의 생성과정에 대해서 적어 본다.

1. 두 가지 도면을 만든 목적이 각각 분명히 무엇인가?

1) 경상북도에는 '현황측량도 사본 3부'가 처음부터 없었던 이유

1991년 당시 경상북도팔공산도립공원관리사무소**(이하 공원관리사무소라 칭함)**는 측량업체에게 팔공산도립공원 인근에서 측량법 공공측량작업규정에 의해 지형측량을 실시하고 지형현황도**(현황측량원도)**를 만든 뒤 국립지리원에서 고시하도록 한 바 있다.

> *나쁜 의도를 품고 있는 사람들은 항상 그들의 목적을 제대로 이루지 못한다.
>
> — 칼릴 지브란 —

위는 당시 공원관리사무소가 국립지리원에 제출한 공공측량작업규정에서 '5. 납입 성과명'을 스캔한 것이다. 성과품이 '현황측량원도 1부 사본 3부'(지형현황도)로 되어 있는 이유는 나중에 '원도 1부'는 국립지리원에 성과심사용으로 보내고, '사본 3부'는 위 공원관리사무소에서 공람용으로 비치하기 위함이었다.

3. 성과품 제출

가. 관측수부 각 7부 (삼각, 다각및 수준 원본 1 사본 6)

나. 계산부 각 7부 (삼각, 다각및 수준 원본 1 사본 6)

다. 성과표 각 7부 (삼각, 다각및 수준 원본 1 사본 6)

라. 망도각 각 7부 (삼각, 다각및 수준 원본 1 사본 6)

마. 기준점의 조서 기준점의 조사서 각 7부

바. 현황측량 원도 1부

사. 트레싱 원도 1부 (크토쓰 쎄싸) 청사진 6부

아. 전체구역도 원도 1부 청사진 6부

자. 용지조서 각 20부

차. 기타 필요한 도면 및 서류

그런데 위를 보면 위 공원관리사무소는 그 후 비공식적인 문서인 과업지시서(3. 성과품 제출)에 의해 '바. 현황측량원도 1부'(지형현황도)와 '사. 트레싱원도 1부 청사진 6부'(공원경계측량도?)를 만들도록 변경한 것으로 나타난다. 즉 '현황측량도 사본 3부'를 삭제한 것으로 나타난다. 그러므로 그 후 측량업체는 '현황측량도 사본 3부'를 만들지도 않았고 따라서 위 공원관리사무소에게 주지도 않았다.

2) 공원관리사무소는 당시 '트레싱원도(공원경계측량도?)'만 수령

스캔: 1991년 물품검수조서(일부)

품　　　　　목	규　격	단위 호칭	단가	계 약 상 의 수　　　　량	전회까지의 납품수량	금　　　회 검　수　량	미 납 량
현황측량원오				1		①	
트레싱원도 1부 청사진 6부				2		②	

따라서 당시의 물품검수조서를 보면 성과품이 전자**(공공측량작업규정)**와 같은 것이 아니라 후자**(과업지시서)**와 같은데, 도면이 2종류인 것으로 되어 있다. 그러나 측량업체가 위 공원관리사무소에게 실제로 납품한 실상을 들여다보면, '현황측량원도 1부'는 국립지리원에게 성과심사용으로 보내었다며 생략하고, 단지 '트레싱원도 1부 청사진 6부'**(이하 '트레싱원도'라고 표기)**만 즉 한 가지만 건네주었다.

3) 현황측량도를 '트레싱원도(공원경계측량도?)'로 바꿔치기 완비

아무튼 과정이 어떠하였든 결국 경상북도는 위와 같은 방법으로 국립지리원에게는 위 공원관리사무소에 '현황측량도 사본 3부'가 비치되어 있는 것처럼 속여서, 국립지리원 고시문에 위 공원관리사무소를 성과 보관장소로 등재할 수 있었지만, 실제적으로는 위 공원관리사무소는 '트레싱원도'만 보관하고 있었던 셈이다.

결론적으로 말하면 경상북도는 향후 국립지리원의 '지형현황도**(현황측량도)** 고시'를 두고 마치 '트레싱원도**(팔공산도립공원경계측량도?)** 고시'인 것처럼 행사할 수 있도록 만반의 준비를 완료한 셈이 된다.

2. 국립지리원의 고시도면을 바꿔치기한 결과

1) 원인증빙과 성과증빙이 전혀 다르게 되어 마술과 같다

'현황측량원도'를 만든 원인증빙(공공측량작업규정, 작업구역도 등)과 '트레싱원도'(공원경계측량도?)를 만든 원인증빙(과업지시서, 가짜공원지정도면)은 아래 스캔에서 보는 바와 같이 표시 성격과 지역이 서로 다르다.

과업을 수행한 업체도 서로 다르다.

스캔: '현황측량원도' 제작을 위한 공공측량작업규정 표지와 작업구역도

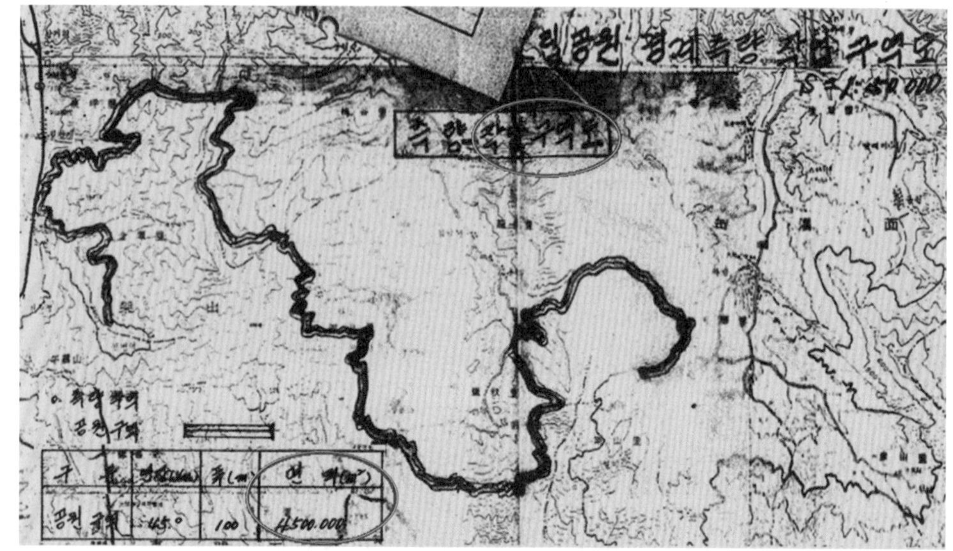

***작업구역도는 복층구조**

위 작업구역도에서 중앙 부분이 하얀 것은, 위 도면을 만들 때 1/50,000 지도 위에 하얀 미농지(반투명)를 올려놓고 거기에 작업구역(벨트 모양)을 표시하였기 때문에 지금 복사하면 위에 있는 하얀 미농지가 뜨게 되어 희게 된 것이다. 반면에 우측과 윗부분에는 미농지가 없기 때문에 바탕지도가 잘 보이고 있다. 그리고 중앙 상부에 검게 복사된 부분은 미농지를 스카치테이프로 붙인 자국으로 보인다. 참고로 측량법으로 지형을 측량할 때 작업위치의 표시는 원래 대략적으로 표시한다.

위는 '현황측량원도'(지형현황도)를 만들기 위한 정식 공문서(공공측량작업규정)이고, 이곳 작업구역도에는 등고선을 그릴 지역(면적:4.500,000㎡)만 표시되어 있었다. 공원경계선 등 線의 표시는 어디에도 없었다.

그러나 그 뒤 비공식적으로 과업지시서에 의해 새로 '트레싱원도'(공원경계측량도?)를 만들도록 추가할 때는, 여기에는 '가짜공원지정도면'을 첨부하였다. 즉 과업의 본질이 전혀 다른 사건이므로 기초도면(작업구역도, 가짜공원지정도면)도 다르고 성과도면도 다르다는 것이다.

스캔: '트레싱원도' 제작을 위한 과업지시서 표지와 가짜공원지정도면

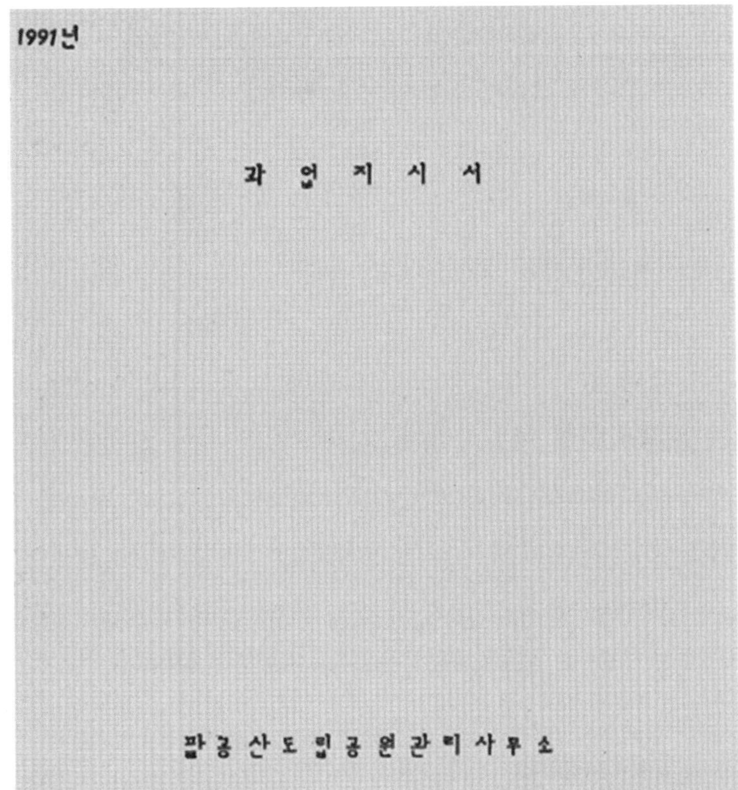
1991년

과 업 지 시 서

팔 공 산 도 립 공 원 관 리 사 무 소

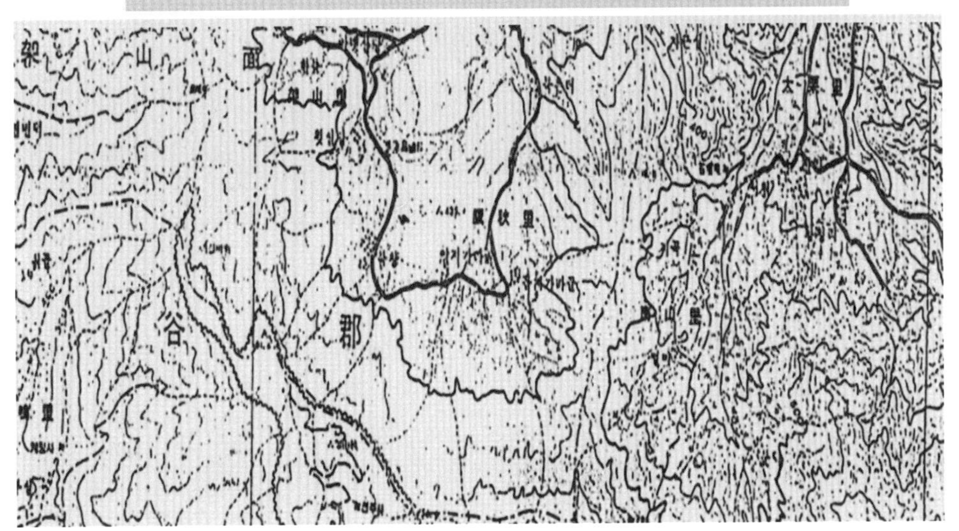

아무튼 후자인 과업지시서에 의해 만드는 '트레싱원도'(공원경계측량도?)는 법적으로는 증서가 아니고 낙서이므로, 여기에는 지적도를 가미하든 무엇을 부여하든 측량기술자의 자격이나 날인도 필요 없었고 심사도 필요 없었으니, 누구나 마음대로 제작할 수 있었던 것이다.

그런데도 불구하고 경상북도는 나중에 가면 이 사건과 같이 비공식적으로 만든 가짜공원지정도면과 낙서(트레싱원도)를 제시하면서, 나머지 껍데기는 국립지리원고시와 관련한 공식적인 문서를 제시하는 방법에 의해, 국립지리원고시의 지역과 내용을 완전 변조시키게 된다. 그리고는 향후 20년간 면적 표시가 없는 가짜공원지정도면을 두고 면적 표시가 있는 위치도인 것처럼 어불성설을 말하며, 낙서(트레싱원도)를 두고 마치 국립지리원에서 고시한 도면인 것처럼 부정행사 하게 되는 황당한 현상이 일어나게 된다.

2) '현황측량원도'와 '트레싱원도'의 차이점

① '현황측량원도'(지형현황도)의 형태

나는 나중에 증서진부의 소를 제기하게 된다. 이때 참여한 대한민국(피고)은 '트레싱원도'(공원경계측량도?)는 국립지리원이 고시한 지형현황도(현황측량원도)가 아니라고 답변하면서, 국립지리원이 고시하는 일반적인 지형현황도(현황측량원도)의 형태는 아래의 그림과 같다고 하였다.

여기에는 등고선만 잔뜩 그려져 있고 그 높이만 적혀 있지, 지적경계선이나 공원경계선 표시는 어디에도 없었다.

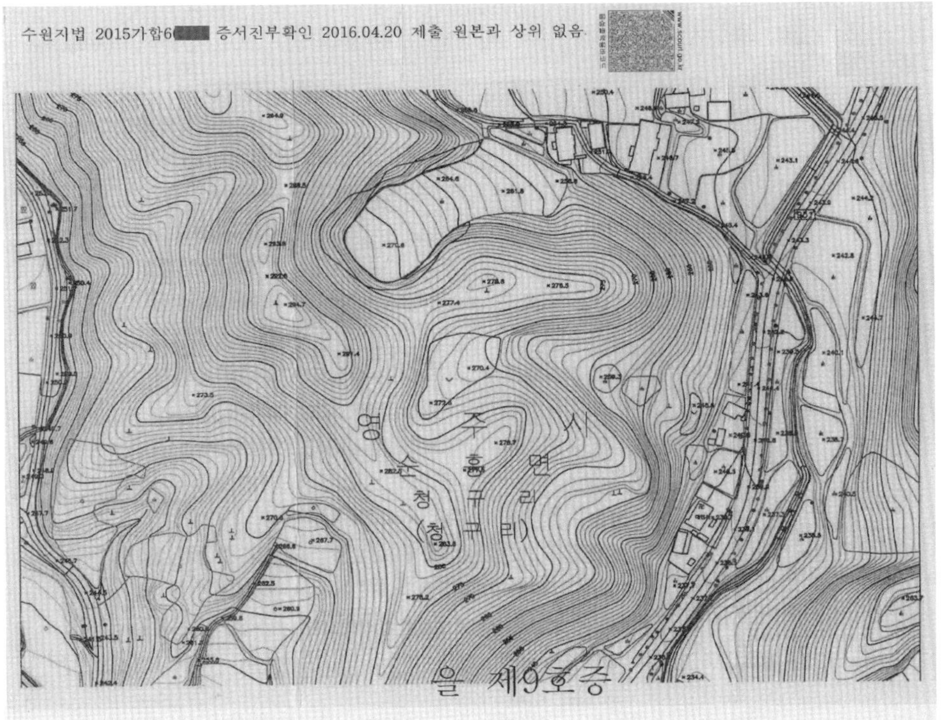

*핑계를 잘 대는 사람은 좋은 일을 거의 하나도 해내지 못한다.

- 벤자민 프랭클린 -

② '트레싱원도'의 제작방법과 구분하는 방법

아래 지형 낙서는 당시 만든 수많은 '트레싱원도' 중에 하나이다.

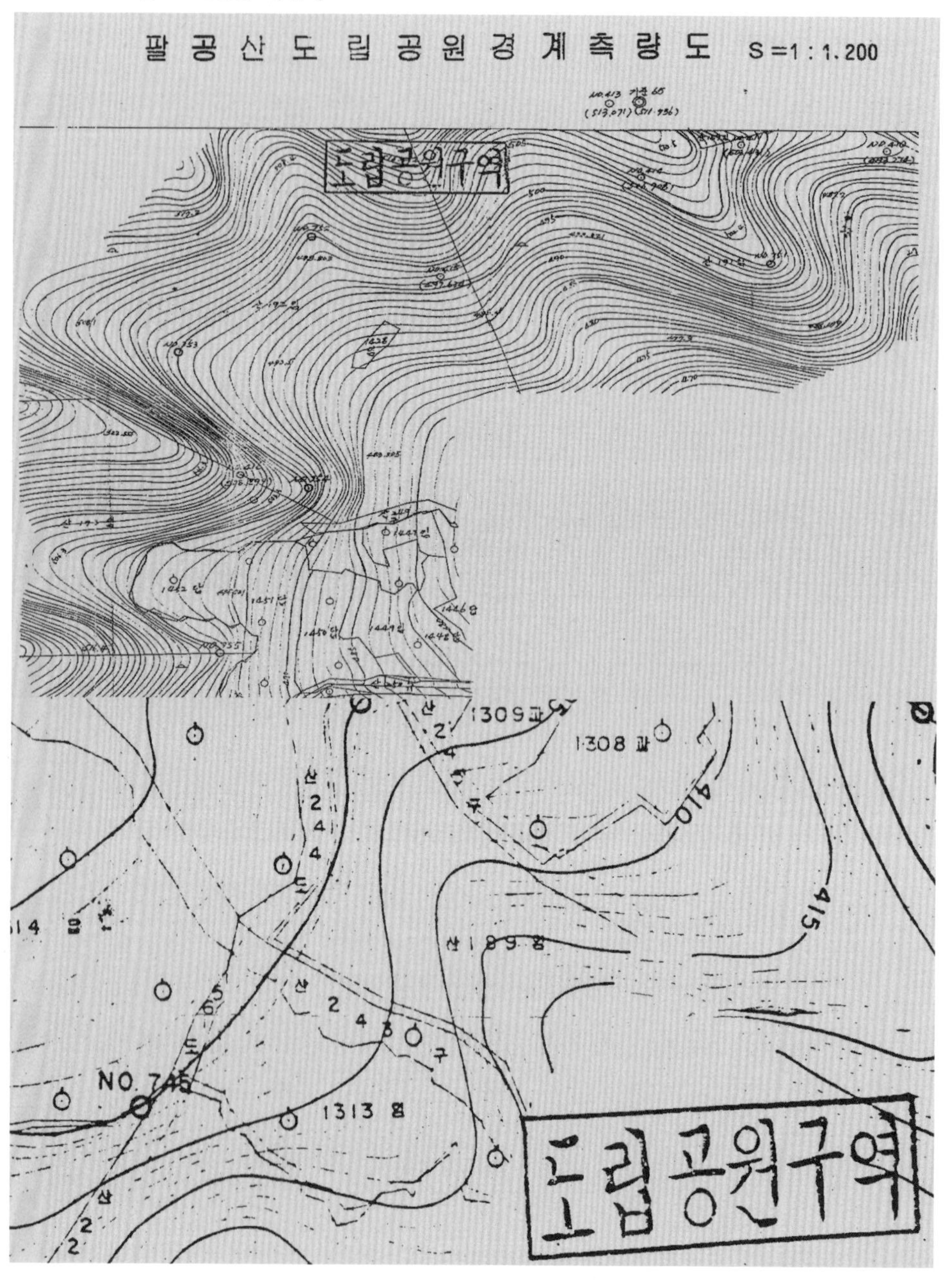
팔공산도립공원경계측량도 S=1 : 1.200
도립공원구역
도립공원구역

지형 낙서(**트레싱원도**)의 제작방법은 국립지리원에서 지형현황도(**현황측량도**)를 구입한 뒤 그 위에 지적도와 지번 표시를 무단으로 살짝 추가하고, 그리고 임의의 등고선 위에 100M마다 ○표시를 하였다. 그리고는 이름(**名稱**)을 "팔공산도립공원경계측량도"라고 적어 두었으니, 누가 보아도 나중에 공원경계측량도로 부정하게 행사하려는 숨은 의도가 보인다.

그러므로 '현황측량원도(**지형현황도**)'와 '트레싱원도'(**낙서, 팔공산도립공원경계측량도?**)의 큰 차이점은, '지적도나 지번 표시'가 전자에는 측량법의 권한 밖이므로 없고 그러나 후자인 '트레싱원도'(**낙서**)에는 있다는 것이다. 그러므로 성과품을 보고 '지적도와 지번 표시'가 없느냐?(**전자**) 추가되어 있느냐?(**후자**)를 보면 어느 쪽인지 쉽게 구분할 수 있다.

③ 도면 바꿔치기를 쉽게 구분할 수 있는 또 다른 방법

공공측량작업규정에 의해 만든 '현황측량원도 1부'(**지형현황도**)는 1부 뿐이지만, 과업지시서에 의해 만든 '트레싱원도 1부 청사진 6부'는 7부나 된다. 그러므로 누구든지 동일한 도면이 1부인지? 7부인지? 수량을 세어 보거나 청사진 종이의 성분(**紙質**)을 보아도, 어느 것이 공식적으로 만든 도화(**현황측량원도, 지형현황도**)이고 어느 것이 非공식적으로 만든 낙서(**트레싱원도, 공원경계측량도?**)인지 쉽게 구분할 수 있다.

3. 국립지리원고시의 부정행사를 막기 위한 흔적들

독자가 볼 때는 경상북도가 당시 '현황측량원도'(증서: 지형현황도)와 '트레싱원도'(낙서: 공원경계측량도?)라는 두 가지를 동시기에 서로 다른 업체에게 제작을 맡길 때부터, '착각의 상관성' 즉 면밀하게 불법·불능을 따지기보다 집단에 대한 편견과 자신이 보고 싶은 것만 보고 즉흥적으로 판단하는 확증편향의 심리를 이용하여, 도면 바꿔치기를 계획적으로 기획한 것으로 보이지 않는가? 그러므로 아래에서는 당시 '현황측량원도'(지형현황도) 고시에 관계한 담당자들이, 후일 다른 용도로 부정하게 행사됨을 막기 위해서 노력한 흔적이 있어 적어 둔다.

> *거짓말은 눈덩이와 같다.
> 때문에 거짓말은 굴릴수록 점점 커져만 간다.
>
> — 마틴 루터 —

① 공공측량성과심사서에 있는 작은 도장의 의미

아래에서 당시 대한측량협회의 공문(공공측량 성과심사 결과보고)을 보면 첨부물이 여러 개 있는데, 특이하게 '지형현황도 1부' 뒤에만 성과심사 담당자가 마메인(작은 도장)을 찍어 두었다.

지형현황도 고시를 다른 용도로 사용하지 말라는 뜻이다. 그러나 현실은 그의 노력과 달리 '지형현황도 고시'가 '공원경계측량도 고시'로 부정하게 행사되고 있다.

대　한　측　량　협　회

총무　91- 198　　　　　　　　(671-8939)　　　　　　1991. 7. 23.

수신　국립지리원장

참조　측지과장

제목　공공측량 성과심사 결과보고

　　1.　측지 30158-1465 (91. 5. 8)의 관련입니다.

　　2.　귀 원에서 심사의뢰한 공공측량 성과심사 결과를 별첨과 같이 보고합니다.

　　　＊사업명 : 경상북도 팔공산 도립공원 경계측량

첨부 :　1.　고시(안)　1부.

　　　　2.　공공측량 성과심사서 및 심사내용　1부.

　　　　3.　관측수부(삼각,다각,수준)　1부.

　　　　4.　계산서(삼각,다각,수준)　1부.

　　　　5.　지형현황도　1부.

붙임 : 1.　공공측량 성과심사 의뢰(팔공30158-120)공문 사본 1부.

　　　　2.　고시(안) 1부.

　　　　3.　공공측량 성과심사서 및 심사내용 1부.

　　　　4.　관측수부(삼각,다각,수준) 1부.

　　　　5.　계산서(삼각,다각,수준) 1부.

　　　　6.　지형현황도 1부.

*너를 칭찬하고 따르는 친구도 있을 것이며 비난하고 비판하는 친구도 있을 것이다.
비난하는 친구와 가까이 지내고 너를 칭찬하는 친구와 멀리하라
- 탈무드 -

② 국립지리원 고시(안)에서 '경계확정'을 '현황측량'으로 수정

스캔: 국립지리원 고시(안)

고   시   (안)

국립지리원 고시 제   호

공공측량 성과를 측량법 제 34조 제2항의 규정에 의하여다음과 같이 고시합니다

1992.   .   .

국 립 지 리 원 장

측량의 종류	공공측량(팔공산 도립공원 경계확정(제4차))	
측량계획기관	팔공산도립공원관리사무소	
측 량 지 역	경북 군위군 부계면, 산성면-영천군 신령면	
	성과구분	공공삼각점	지형현황도
공공측량성과	수 량	3점	24 도엽
	정확도	폐합오차:60″ 이내 배각차: 50″ 이내 관측차: 40″ 이내	축 척: 1:1200 평면오차: 0.5㎜이내 등고선 간격: 주곡선 1m 계곡선 5m 도면의 크기: 세로:40cm 가로:107cm
측 량 기 간	92.03.13-92.05.30	
성과보관장소	팔공산도립공원관리사무소	

고　시　(안)

국립지리원　고시　제1924호

공공측량 성과를 측량법 제34조 제2항의 규정에 의하여 다음과 같이 고시합니다

1992. 7.

국 립 지 리 원 장

측량의 종류	공공측량[팔공산 도립공원 경계 연황측량 (제4차)]	
측량계획기관	경상북도 팔공산 도립공원 관리사무소	
측량지역	경북 군위군 부계면,산성면-영천군 신령면	
공공측량	성과구분	공공삼각점	지형현황도
	수량	3점	24도엽
	정확도	폐합오차:60" 이내 배각차:36" 이내 관측차:24" 이내	축척 : 1:1200. 평면오차 : 0.5㎜ 이내

경상북도는 국립지리원 고시(안)을 당초 전자와 같이 요구하였다. 측량의 종류에 '경계확정'이라고 적었다. 그렇게 되면 내용에는 비록 '지형현황도'이고 '등고선의 정확도'로 되어 있지만, 명칭만 보면 누구라도 경계확정과 관련 있는 것처럼 속을 수도 있었다.

그러므로 대한측량협회는 고시(안)에서 측량의 종류를 후자와 같이 '현황측량'으로 정정하도록 하였다. 현황측량(現況測量)이란 말은 '땅 높이 측량'을 말하는 것이지 도면측량을 말하는 것은 아니다.

그러나 당시 대한측량협회의 이런 노력에도 불구하고 지금 '현황측량'(지형측량도)의 성과고시가, 도면측량의 결과로 '경계확정'(공원경계측량도)을 고시한 것처럼 행사되고 있다.

4. '트레싱원도'에 날인도 않고 용지조서도 안 만든 까닭

① 작성자가 측량법에 명시된 날인을 하지 않은 까닭 : 낙서이기에

측량법시행령 [시행 1990. 1. 3.] [대통령령 제12895호]

　제26조 (측량기술자의 업무범위등)

　①생략

　②측량기술자는 제1항의 규정에 의한 업무범위안에서 그가 작성한 측량도서에 서명·날인하여야 한다.

스캔 : 1991년 공공측량작업규정 내용 중 일부

○. 측량성과및 측량의 기록

　가. 측량성과표및 지형도는 중요지명, 년도, 명칭을 기재하여 측량계획

　　기관에 보관하고 성과사본을 국립지리원장에게 제출한다.

　나. 측량 기록에는 측량 기술자의 면허번호, 성명을 명기한다.

다. 작도 및 검사

　· 도식 : 지도도식 규정에 의한다.

　· 검사 : 외업, 내업별로 검사한다.

　· 난외주기 : 필요한 다음사항을 도곽란에 주기한다.

　　도엽명·축척·행정구역명·측량계획기관명·측량년월일

위에서 측량법시행령이나 당시의 공공측량작업규정을 보면 '트레싱원도'(팔공산도립공원경계측량도?)를 측량법으로 국립지리원에서 고시한 도면이라고 말하려면, 최소한 측량도서에 측량기술자의 서명날인이 있어야 한다. 그러나 여기 '트레싱원도'에는 업체등록번호, 국가기술자격번호, 성명, 검사자, 측량년월일, 측량계획기관명에 대한 어떠한 표시도 없다. 그 이유는 당시 작업자가 '트레싱원도'(팔공산도립공원경계측량도?)는 법률행위의 일환이 아니고 낙서임을 모두에게 알리기 위함일 것이다.

*진실에 대한 탐구는 그 전까지 진실이라고 믿었던 모든 것에 대한 의심으로부터 시작된다.

- 프레드리히 니체 -

*진실은 존재한다. 오직 거짓말만이 만들어진다.

- 브라크 -

② 작업자가 과업지시서를 그대로 이행하지 않은 이유

나는 '트레싱원도'를 어떤 방법에 의해 만들었는지 내내 궁금하였는데, 그런데 오랜 세월이 흐르자 '트레싱원도'를 만들게 한 과업지시서와 작업자가 결국 노출되게 되었다. 경상북도가 보관하여 오던 이 과업지시서를 보면 아래와 같이 공원편입면적을 표시하라는 용지조서의 양식이 있었다.

스캔 : 과업지시서 내용 중 일부

그렇지만 당시 과업을 맡은 작업자는 이 과업지시서를 무시하고 용지조서를 작성하여 주지 않았다. 그리고 '트레싱원도'를 보아도 그 위에 공원경계선을 뜻하는 기호이나 범례의 표기가 없다. 이는 과업을 위탁받은 작업자가 법을 직접적으로 위반할 수 없었기 때문으로 생각된다.

*양심은 수천 수만 명의 증인과 같은 것이다.

— 리차드 타버너 —

그런데 경상북도가 이 후 17년이 지나 직접 대담하게 이 낙서(트레싱원도)를 기초로 하여 공원편입면적을 표시한 용지조서를 작성한다. 그리고는 공권력으로 고시된 기존 공원면적조서를 모두 축출하고,

그 자리에 이 용지조서를 갖다 놓고는 마치 공원편입조서인 것처럼 이에 의해 행정행위를 하고 있으니 기가 막히는 현상이다.

③ 지형 낙서(트레싱원도)의 내용을 고쳐 준 선례(先例)

나는 그 후에 다른 지역을 조사한 적이 있다.

팔공산 동쪽에 가면 작은 산과 산 사이에 개울이 있는데 그 개울 옆에 난 도로를 따라 위로 올라가면 마을이 나타난다. 이 마을은 관할 군에서 행사하고 있는 도면에 의하면 공원구역이 아닌 것으로 나타난다. 그런데 어느 날 갑자기 마을 아래에 누가 와서 이상한 공원경계 말뚝을 박더란다. 그래서 마을 사람들이 몰려가 집단행동을 하니 그날은 그들이 그냥 돌아갔는데 다음 날 와서 마을 위로 공원경계 말뚝을 옮기더란다. '트레싱원도'의 내용을 바꾼 것이다. 여기서 보아도 당시 작업자는 '트레싱원도'에 대해 지형 낙서 이상의 의미를 두고 있지 않았음이 보인다. 그 후 마을 사람들이 올바른 공원경계측량이라면 집단행동을 한다고 바로 다음 날 공원경계선이 마을 아래에서 위로 올라가겠느냐? 고 하는 것과 같다.

아무튼 그날 작업자는 마을 바로 위에서 말뚝을 박고 가버렸지만 사실 그 위의 농경지에 건축허가가 나 있었던 주민이 있었다.

그는 졸지에 공원구역 안에서 건축물을 짓는 꼴이 되어 버렸다.

그래서 소송을 하였는데 나중에 보니 변호사가 어떤 약속을 받고 소를 취하하였더란다. 아무튼 경상북도는 그 후 잠잠히 있다가 6년쯤 지나서 슬며시 '트레싱원도'를 공원도면인 것처럼 행사하게 된다. 그러다가 지금은 이 일대 농경지 등 약 18,000평 정도를 '트레싱원도'에서 아예 제외시켰다(**공원구역 밖**). 아무튼 공원도면을 당시 마을도 무시하고 농경지도 무시하고 단지 낙서(**트레싱원도**)에 존재하는 등고선에만 예속시켜 무단으로 바꾼 것이 얼마나 허망한지를 짐작할 수 있을 것이다.

5. 20년간 강자가 행하는 무법천지를 코미디라고 하는 까닭

위와 같이 도면 바꿔치기를 한 결과로 향후 무법천지가 계속된다.

"측량법으로 땅 높이를 측량하니 지적선과 공원경계선이 나오더라."

"국립지리원장이 공원경계측량도(**지적선, 공원경계**)를 고시하였다."

라는 말이 향후 답변서·판결문·수사기록에 무수히 많이 나온다.

위는 '진돗개가 송아지를 낳아서 고시하였다'와 같은 꼴이다.

모두 법과 기술적으로 같은 꼴의 권한 밖이기 때문이다.

그리하여 나는 이 사건 20년간 얼마나 많이 불법(不法)·불능(不能)의 사실로 판결문을 쓰지 말라고 애원했는지 모른다. 하지만 판결문은 항상 마이동풍이었다. 법보다는 강자의 눈치를 보는 것이 더 중요하다는 뜻이다. 그런데 거짓말도 반복되면 모두가 실제라고 믿게 된다. 그렇지만 독자는 향후 위와 같은 불법·불능의 내용이 계속 나오더라도, 행여나 측량법이나 국립지리원고시가 공원경계측량과 뭐 조금은 관련이 있는 것으로 착각하지는 않기를 바란다.

*허위도 극에 달하면 약간은 사실인 것처럼 보인다.

- 노사(老舍) -

1) 측량법으로 땅 높이 측량하면 공원경계선이 나온다?

경상북도는 공원경계가 불명확한 '1980. 5. 13. 팔공산도립공원구역도'를 처분도면이라고 하였다. 그러므로 어디가도 경계측량할 방법이 없었다. 그러자 경상북도는 동문서답으로 공원도면이 불명확하여도 땅 높이 측량은 도면을 보지 않으니까 가능하다는 것이다. 그리하여 측량법으로 땅 높이 측량을 하였다는 것이다. 그러면 결과는 '현황측량원도'(지형현황도)가 나와야 하는데, 성과도면을 바꿔치기하고는 '트레싱원도'(공원경계측량도?)가 나왔다고 하고 있다.

그러므로 이 사건 전체에서 경상북도의 답변이나 일부 판결문에서의 핵심은 "측량법으로 實地의 땅 높이 측량을 하였더니, 그 결과는 관공서 公簿(도면)에만 존재하고 있어 지적법으로만 측량할 수 있는 지적경계선과 공원경계선이 나왔다"는 것이다. 원인과 결과가 동문서답이다.

우리는 가끔 "말도 안 돼!"라고 할 때가 있다. 상식적으로 불가능하기는 하지만 그래도 가능성이 백만분의 일이라도 있을 때 하는 말 아닐까?

그러나 위 사항은 아예 있을 수 없는 불법(不法)·불능(不能)의 사실이기 때문에 나는 마술(魔術) 혹은 코미디라고 하는 것이다.

*커다란 비밀을 덮으려다가 더 큰 죗값을 치르게 된다.
- 독일 격언 -

*진실한 분노는 어리석은 웃음보다 훨씬 아름답다.
그렇다. 진실된 것은 무엇이든지 아름답다.

- 라즈니쉬 -

2) 공공연한 공문서 부정행사에 의한 판결

스캔: 1992. 7. 23 국립지리원고시 제1992-121호

제12175호	관 보	1992. 7. 23. (목요일)

⊙국립지리원고시제1992—121호~
제1992—123호
공공측량 성과를 측량법 제34조제2항의 규정에

의하여 다음과 같이 고시합니다.
1992년 7월23일
국립지리원장

고시제1992—121호

측 량 의 종 류	공공측량[팔공산 도립공원 경계 현황측량 (제4차)]	
측 량 계 획 기 관	경상북도 팔공산 도립공원 관리사무소	
측 량 지 역	경북 군위군 부계면, 산성면~영천군 신령면	
공공측량성과 · 성 과 구 분	공 공 삼 각 점	지 형 현 황 도
공공측량성과 · 수 량	3점	24도엽
공공측량성과 · 정 확 도	폐합오차 : 60″이내 배각차 : 36″이내 관측차 : 24″이내	축척 : 1:1,200 평면오차 : 0.5mm이내 등고선 간격 : 주곡선 1m 계곡선 5m 도면의 크기 : 세로 : 40cm 가로 : 107cm
측 량 기 간	1992년 3월13일~1992년 5월30일	
성 과 보 관 장 소	경상북도 팔공산 도립공원 관리사무소	

위에서 국립지리원고시를 실제로 보면 측량법으로 현황측량을 한 결과에 따라 '지형현황도'(현황측량원도)를 고시하였다. 그 성과 내용을 보면 분명히 등고선의 정확도 고시이다. 그럼에도 불구하고 지금 경상북도나 법원은 위 국립지리원고시를 두고 그 전에 미리 바꿔치기하여 둔 '트레싱원도'에 꿰맞추려다 보니 '공원경계측량도의 고시'라고 말하고 있다. 즉 팔공산도립공원 경계 부근의 땅 높이를 고시한 '지형현황도 고시'를 공원경계선의 정확도를 보증하는 '공원경계측량도 고시'인 것처럼 지록위마(指鹿爲馬, 사슴을 가리키며 말이라 하다)를 행하며 부정하게 행사하고 있다. 우리나라에는 위와 같은 "지형현황도(등고선의 정확도) 고시"가 수없이 많지만, 그런데 이들 중에 왜 유

독 위 국립지리원고시만 "공원경계측량도(**공원경계선의 정확도**) 고시"라고 글자 바꿔치기하여 읽어야만 하는가? 나는 지난 20년간 이런 공공연한 공문서 부정행사를 순진하게 막아보려고 불법·불능의 사실이라고 무수히 말하였지만 고쳐지지 않았다.

강자에게는 또 다른 *强者*만 보이고 *法*은 보이지 않기 때문일 것이다.

3) 피고는 사건 내내 '트레싱원도'를 왔다 갔다 전천후로 행사

이 사건에서 경상북도는 '트레싱원도'를 두고 '공원경계측량도'(**짝퉁**)라고 말할 때는 원도면(**공원처분도면**)은 따로 있다고 말하였다. 그리하여 자신은 처분도면이 아니므로 행정소송의 대상도 아니라는 판결을 받게 된다. 그러나 '트레싱원도'를 두고 행사할 때는 처분도면(**국립지리원 고시**)인 것처럼 말한다. 바로 자신이 원도면(**공원처분도면**)이라는 것이다.

이 사건 내내 피고가 '트레싱원도'를 두고 때로는 가짜(**짝퉁, 측량도, 非처분도면**)라고 말하고 때로는 진짜(**원도면, 처분도면**)라고 말하며, 전천후(**全天候**)로 막강한 행세를 할 수 있는 것은 강자이기 때문이다.

*입에 발린 말을 교묘하게 하여 공직을 문란하게 해서는 안 된다.
- 서경(書經) -

제4장

측량의 종류와 법률용어의 차이

여기 제4장에서는 다소 지루할지도 모르겠으나, 아무래도 측량법과 지적법의 차이를 설명하고 가는 것이 좋을 것 같다. 다음에 쉬운 이야기를 위해서이다. 그냥 한 번 빠르게 읽어 두면 될 것으로 본다.

1. 경계선측량(지적측량)과 레벨측량(지형측량)의 차이점

1) 공부(公簿)에 등록된 사항을 확인할 때는 지적측량 (지적법)

모든 토지에 대해서는 그 위치와 경계선이 어떤 모양이고(지적도), 소유자가 누구이며 면적이 얼마나 되는지(토지대장), 토지의 용도가 무엇인지(토지이용계획확인서) 등이 모두 법률로 정해져서 관할 군에 비치하고 있는 장부에 등록되어 있다. 위와 같이 땅(地)에 대한 규제사항이 모두 관공서에 등록(籍)되어 있는 제도를 지적(地籍)이라고 말한다.

지적에는 그 등록을 위한 지적공부(地籍公簿: 토지대장, 임야대장, 지적도, 임야도, 수치지적부)가 있으며, 그곳에는 구획된 필지마다 지번, 지목, 면적, 경계를 표시하고 있다.

대지에 건축허가를 득하게 되면 대한지적공사 소속의 지적기사(地籍技士)에게 의뢰하여 지적공부상에 등록된 경계를 지표상에 복원하게 되는데, 이와 같이 대지의 위치를 확인하는 과정을 경계복원측량(사실확인행위) 혹은 지적법에 의한 '지적측량(地籍測量)' 이라고 말한다.

2) 땅 높이를 파악할 때는 레벨측량 (측량법)

또 공사업자가 경계복원측량 이외에 하나 더 파악해야 하는 것이 있다.

레벨측량이라는 것인데 현장에서 부지고저차(敷地高低差) 등을 확인하는 과정이고 공사 시 수시로 진행하는데 공사업체 자체적으로 시행한다. 건축공사라면 각 기둥의 기초는 같은 높이에서 출발하여야 할 것이고, 또한 배수관의 흐름도 땅 높이를 알아야만 경사를 줄 수 있을 것이다.

레벨측량은 보통 작은 공사일 때는 옛날과 같이 물반호스(물반, 수평호스, 물이 담긴 투명관)라는 것을 사용한다. 물반호스 안에 수돗물을 가득 채우고 두 사람이 A지점과 B지점에 가서 가만히 있으면 호스 안의 물높이가 출렁이지 않고 가만히 있을 것이다. 그때 물 높이에 맞추어 표시하면 두 지점의 그 높이는 같게 된다.

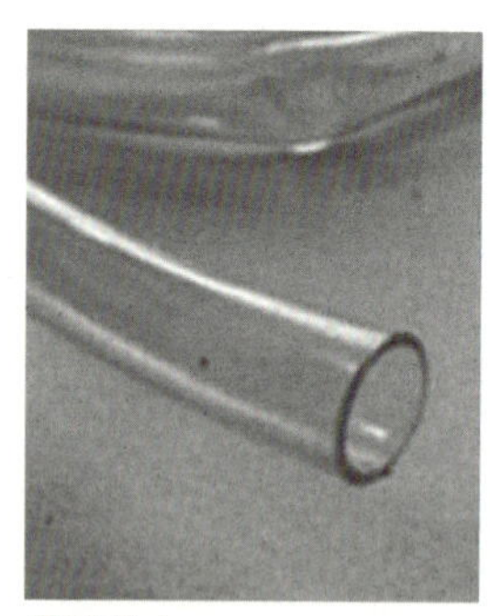

물반호스

수준점 관측 관경

레이저 레벨기

그런데 요즈음은 레벨측량기를 많이 사용한다. 길을 가다보면 위 중앙과 같은 광경을 많이 볼 것이다. 레벨측량이다.

*레벨측량(leveling): 지구상에 있는 점들의 고저차(高低差)를 측량하는 것을 말하는데, 고저측량 또는 수준측량(水準測量)이라고도 한다.

*지형측량(地形測量): 지표의 각 점의 위치 및 고저(高低)상태를 등고선(等高線)을 그려 나타내는 측량이다.

레벨측량, 고저측량, 수준측량, 지형측량, 측지측량 모두 같은 말이다.

아무튼 토목공사 등에서 레벨측량으로 지형현황도(등고선지도)를 만드는 것은 공사설계와 시공을 지원하기 위하여 실시하는 것이다. 예로 들면 도로공사(도로 구배)에서는 흙을 얼마나 실어내고 반입하여야 하는지, 댐 건설에서는 수몰면적을 파악하기 위해서라도 레벨측량이 필요한 것이다.

레벨측량은 공사규모가 크거나 공공기관에서 시행할 때는 측량법의 규제를 받는다. 그리고 측량법에서 공공측량이란 말은 국가, 지방자치단체 등이 행하는 측량을 말하고 국립지리원의 승인을 받아 실시한다.

[일부 자료출처: 국토지리정보원]

3) 지적법과 측량법의 측량기준점 비교

①지적법 지적측량의 14개 원점은 전부 가상원점(假想原點, 경·위도 좌표)이다. 여기서 출발한 지적기준점은 우리나라에 약 3만 개 이상이 있다. 대한민국 경·위도 원점은 수원시 국토지리정보원 내에 위치한다.

대한민국경위도원점(수평위치 기준점)

세계측지계를 기반으로 경위도원점을 설정하여 우주측지기준점, 위성기준점, 통합기준점, 삼각점을 설치

② 측량법에 의한 수준측량은 높이의 정보를 구하는 측량으로써 높이(표고, 해발고도)의 기준은 인천 앞바다의 평균해수면(표고: 0m) 이다.

대한민국수준원점(수직위치 기준점)

인천앞바다의 평균해수면을 기준(0.0m)으로 하여 국토의 높이를 결정하는 기준점

지상의 고정점인 대한민국 수준원점은 인천광역시 남구 용현동 253번지(인하공업전문대 학내 위치)에 있으며 인천만 평균해수면으로부터

높이 26.6871m라고 한다. 이와 같이 대한민국 수준원점에서 퍼져나가 전국토의 주요지점에 설치되어 있는 국가기준점(통합기준점, 삼각점, 수준점, 중력점, 지자기점)이 전국에 약 25,000여 점이 설치되어 있다.

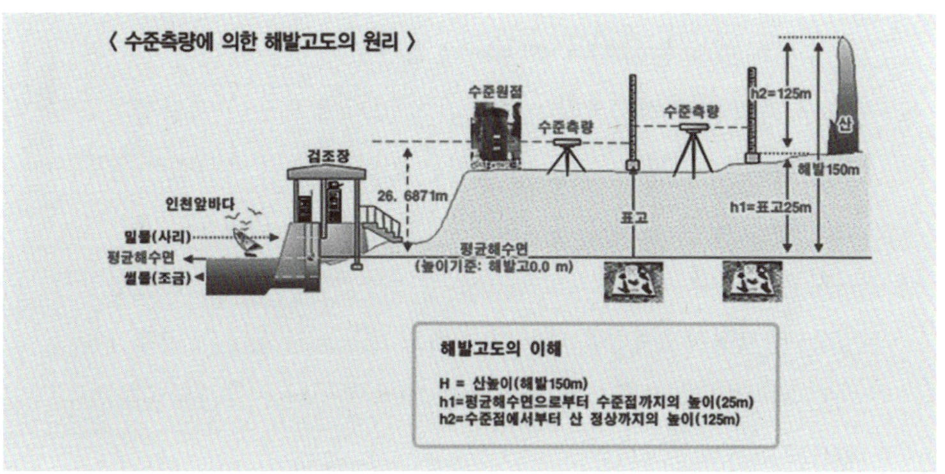

[위 내용의 자료출처: 국토지리정보원]

4) 요약하면 측량법은 땅 높이 측량이고 지적법은 공부(公簿) 측량

측량법 1986. 12. 31. [법률 제3898호.]

> 제2조(정의) 1. "측량"이라 함은 토지 및 연안해역의 측량을 말하며 지도 및 연안해역기본도의 제작과 측량용 사진의 촬영을 포함한다.

당시 측량법에서 "측량"이란 정의를 보면 "'測量'이라 함은 土地 및 沿岸海域의 測量을 말하며 地圖 및 沿岸海域基本圖의 製作과 測量用寫眞의 촬영을 포함한다"이다. 여기서 토지(土地) 및 연안해역

(沿岸海域)은 실지(實地)에 있지 사무실 내의 도면에 있는 것은 아니다.

간단하게 측량을 구분하면 지적법 지적측량은 관공서 공부(公簿)에 표시된 토지의 넓이(水平投影境界線, 면적 000㎡)를 파악하기 위한 측량이고, 측량법 수준측량(水準測量)은 실지(實地) 지형지모(地形地貌)를 파악하기 위해 땅의 높이(等高線, 높이 000m)를 측량하는 것을 말한다.

지적측량은 지적공부라는 原도면이 있기에 새로이 측량성과도를 만들어 고시할 수 있는 법 조항은 없다. 그러나 측량법은 원도면이 없기에 땅 높이를 표시하여 '지형현황도'를 만들 수 있고 고시가 가능하다. 측량성과의 활용에 있어서는 지적측량은 대중성이 있으나, 지형지모측량은 대중성이 없고 토목공사 시공의 관계자에게만 제공이 되고, 공사가 완료되면 그 측량성과는 보존의 의미가 없으므로 바로 폐기된다.

그런데 문제는 지적법에 의한 경계선측량과 측량법에 의한 레벨측량(고저측량, 측지측량, 수준측량, 지형측량, 토목측량)이 전혀 다르다는 것을 아는 사람은 토목공사 관계자뿐이라는 것이다. 일반인은 레벨측량의 존재성을 모른다는 것이다. 이 사건은 이 점을 이용한 혹세무민 사건이다.

5) 2009. 6. 8. 공간정보의 구축 및 관리 등에 관한 법률

측량법, 수로업무법, 지적법은 2009. 6. 8. 통합되어 지금은 "공간정보의 구축 및 관리 등에 관한 법률"(약칭 공간정보관리법)로 바뀌었다.

소관부처는 국토교통부(공간정보제도과)와 해양수산부(해양영토과)이다.

그러나 내용은 과거와 같이 그대로 구분되어 있다.

종전의 측량법(測量法)에서 지형 측량을 담당하던 기관으로 '대한측량협회'⇒'공간정보산업협회'로, '국립지리원'⇒'국토지리정보원'로, '측지기사'⇒'측량 및 지형공간정보기사'로 명칭이 변경되었다.

종전의 지적법(地籍法)에서 경계측량을 담당하던 '대한지적공사'⇒'한국국토정보공사'로, '지적기사'는 그대로 '지적기사'라고 불리고 있다.

그렇지만 이 사건에서 사용하는 용어는 모두 알기 쉽게 전부 2009. 6. 8. 이전 사건 당시에 사용하던 법을 기준으로 즉 측량법(건설교통부, 국립지리원, 대한측량협회, 측지기사)과 지적법(행정자치부, 대한지적공사, 지적기사)으로 구분하여 기술하였다. 이 점 양해를 구한다.

2. 법률용어의 차이

1) 법률행위와 사실행위의 차이

강가의 땅은 비가 오면 '하천'이라 하고 날이 개면 '전(田)'이라고 한다. 이렇게 실제 현황을 보고 지목을 판단하는 것을 사실행위라고 한다.

이를 사실(확인)행위에 의한 지목이라고 말하고 항상 바뀔 수 있다.

그러나 토지에 대해서 법률상으로 지목을 '하천'이라고 고시(처분)하고 공부상에 기재하면, 그 토지는 '전(田)'으로 쓰던 '하천'으로 쓰던 법률행위에 의한 지목은 항상 '하천'이다. 확정적(確定的)이므로 바뀌지 않는다.

그런데 공부상(법률행위)과 현황상(사실행위)이 틀리는 경우도 많다.

이때는 경계선, 지목, 건물용도 등 모두 행정의 기준은 공부(公簿)를 기준으로 한다. 사실확인행위에 의한 결과는 행정의 기준이 될 수 없다.

2) 행정소송에서 기각과 각하의 차이

국가나 지방자치단체가 행하는 법률행위를 통상 '처분'이라고 말하고, '처분'에 대해서 다툼이 있을 때 하는 소송을 행정소송이라고 말한다.

처분에 의해 패소하면 '기각'이라고 말하지만, 원고의 권리·의무에 영향을 초래하는 처분이 없었는데 행정소송을 하면 행정소송의 대상이 아니라며 '각하'를 한다. 그러므로 현황면적, 현황지목, 경계측량 등 사실행위에 대해서는 행정처분(법률행위)이 아니므로 행정소송의 대상이 아니라며 각하를 한다. 사실행위는 항상 재측량이 가능하기 때문일 것이다.

3) 법률용어를 풀어 보면

㉠행정소송은 주로 "처분"이냐 "非처분"이냐 2가지로 판결

행정소송을 하면 통상 원고의 권리·의무에 영향을 초래하는 "처분이 존재한다" 혹은 "처분이 존재하지 않는다(非처분)"라고 2가지로 판결한다.

그리하여 낙서·허위도화·위조도면·가짜도면을 대상으로 소송을 하여도 판결은 "처분이 없다"라고만 하지, "낙서이다" 혹은 "허위도화이다"라는 세부적인 성격에 대한 판결은 나오지 않는다. 그이유는 행정소송법에는 "처분"에 대한 용어의 정의만 있지 낙서, 허위도화, 위조도면, 가짜도면, 짝퉁도면 등에 대한 용어의 정의는 없기 때문일 것이다.

행정소송법 제2조를 보면 처분에 대해 "행정처분이라 함은 행정청이 행하는 구체적 사실에 관한 법집행으로서의 공권력의 행사 또는 그 거부와 그 밖에 이에 준하는 행정작용을 말한다"라고 적혀 있다. 그래서 판결문을 보니 국가가 행한 행위가 원고의 권리·의무에 영향을 초래하면 "처분이 있다"라고 하였고, 원고의 권리·의무에 영향을 초래하지 않으면 "처분이 없다"라고 하였다.

그런데 이 사건에서 도면을 설명하면서 "원고의 권리·의무에 영향을 초래하는 행정처분이 있다"라고 길게 법률적 표현을 하게 되면 독자가 어려워할까 봐 또한 간단하게 적기 위해서, 행정처분이 존재하는 도면이면 "처분", "처분도면", "진짜도면"으로, 행정처분이 존재하지 않는 도면이면 "非처분", "가짜도면"이라고 적은 곳이 많다. 이해를 구한다.

㉡ 證書眞僞與否의 訴에서 '법률관계 없음'(非증서)이란 의미

'증서진위여부의 소'(민사소송)에서는 일단 그 증서에 문서의 진정성(眞情性)을 책임질 작성명의인이 있어야 진짜도면(진짜문서, 진짜도화)이든 가짜도면(허위도화, 위조도화, 허위도면, 위조도면)이든 일단 증서(문서, 도화)로써 간주된다. 그런데 낙서에는 문서의 진정성을 책임질 작성명의인의 날인이 없으므로 증서의 범주에 들어가지 못하니, 그냥 '법률관계

없음'(각하)이라고만 판결한다.

증서진위여부(證書眞僞與否)의 소에서도 '증서'(문서, 도화)에 대해서만 용어 정의가 있지, 그 외 낙서 등 삼라만상에 대해서는 용어의 정의가 없기 때문일 것이다. 그러므로 이 책에서도 원칙은 '트레싱원도'에 대해서는 "법률관계의 존부(存否)를 증명하는 서면이 아니다"(**수원지방법원 2015가합6*** 증서진위여부 확인**)라고만 적어야 하겠지만 말이 길어서, 이를 간단하게 적고 또한 독자의 이해를 빠르게 하려다 보니, 자연 이 사건에서는 법률적 성격이 같은 낙서, 지형 낙서, 非증서라고 적게 되었다. 역시 이해를 구한다.

★ 고사성어 '지록위마'(指鹿爲馬)

이 글에는 가끔 '지록위마'(사슴을 가리켜 말이라 하다)라는 말이 나온다. 따라서 그 '지록위마'란 고사성어가 나온 유래를 간단히 적어 둔다.

진시황이 순행 중 병으로 죽자(49세), 환관(宦官) 조고(趙高)는 거짓 유서를 꾸며, 큰아들인 부소(扶蘇)는 자결하게 하고, 아직 어린 아들 호해(胡亥)를 황제로 옹립했다. 자신이 조종하기가 쉽다고 생각해서이다. 그는 그 후 승상까지 모함으로 죽이고, 그리고 호해에게는 젊은데다 단점이 노출되기 쉽다며 국사를 멀리하도록 하였다. 그러던 중 어느 날 사슴(鹿)을 가져와 호해 앞에 바치면서 좋은 말(馬)을 바친다고 말하였다. 호해가 어리둥절해 할 때, 조고는 뒤를 돌아보며 조정 신료들의 반응을 살폈다. 그 중에서 조고는 사슴이라고 말하는 쪽, 즉 자기가 아니라 정의의 편에 드는 신료들을 눈여겨보아 두었다가 나중에 숙청하거나 죽여 버렸다. 그 뒤 중신들 중 아무도 조고에게 간섭하는 사람이 없게 되자, 그 후 호해 황제도 살해하게 된다는 이야기이다.

　*무지함을 두려워 말라, 거짓 지식을 두려워하라.

- 파스칼 -

　*절반이 진실한 거짓말은 최악의 거짓말이다.

- 테니슨 -

제5장

마술과
공문서부정행사에 의한
판결

피고는 지형 낙서(트레싱원도)를 두고 공원도면과는 아무 관계가 없
는데도 불구하고 공원경계측량도인 것처럼 행사하였다. 그리하여
원고는 지난번에 행정심판을 청구하였지만 가정(假定)에 의해 재결
하였으므로(제1장), 원고는 여기서 새로이 행정소송을 시작한 것이다.

1. 공원결정도면을 불명확한 도면에서 선정한 판결문

스캔: 대구고등법원 200**누1** 판결문 일부

공원으로 지정하는 처분이 있었는지 여부는 피고가 1980. 5. 13. 경상북도 군위군 등의
팔공산 일대 122.08㎢를 팔공산도립공원으로 지정·공고하는 이 사건 처분을 함에 있
어 첨부한 50,000분의 1 비율에 의한 팔공산도립공원경계구역도에 의하여 이미 확정된
것이고,

그러자 이곳 판결에서도 공원결정처분도면을 공원대장도 아니
고 '트레싱원도'도 아니고, '1980. 5. 13. 팔공산도립공원구역도'에 의
하여 확정 처분되었다고 하였다.

스캔: 판결문 3.판단 나.

립공원관리사무소는 지형도인 이 사건 처분 당시 첨부된 50,000분의 1 비율에 의한 팔
공산도립공원구역도(을 제1호증)만으로는 그 경계가 불명확하여 위 공원관리 및 민원

그런데 연이어서 나오는 위 판결문을 보면 '1980.5.13. 팔공산도립공원구역도'는 경계가 불명확하다고 하고 있다. 그러면 공원도면은 법적으로 상징용으로만 존재하여야 하는 들러리 역할인가?

공원도면을 확정할 때 공원경계선을 아무도 알 수 없는 도면으로 한다는 것 독자는 상식적으로나 법률적으로나 이해가 가는 일인가?

그런데도 억지로 위에서 공원처분도면을 불명확도면으로 정한 것은 그 후 불명확을 핑계로 가짜도면을 행사하면서도, 귀매최이의 논법에 의해 공원도면의 짝퉁(공원경계측량도, 모방도면)인 것처럼 빙자하기가 용이하다고 보았기 때문이다.

*鬼魅最易(귀매최이) 畵狗最難(화구최난)

귀신이나 도깨비를 그리기가 가장 쉽고, 개나 말을 그리기가 가장 어렵다.

한비자(韓非子)에 나오는 이야기이다.

옛날 어느 왕이 자신이 거느린 화가 중 한 명에게 이렇게 물었다. "무엇을 그리기가 가장 쉬운가?" 화가가 답하길 "귀신이나 도깨비를 그리기가 가장 쉽습니다." "개나 말은 자주 보기 때문에 누구나 잘 알고 있습니다. 그래서 실제 모습과 똑같이 그려야 하므로 어렵습니다." "하지만 귀신이나 도깨비는 형체가 없어서 눈앞에 나타나지 않습니다. 따라서 아무렇게나 그려도 누가 지적할 까닭이 없습니다. 그러므로 가장 쉽다고 말한 것입니다."라고 대답하였다.

2. 낙서를 두고 증서(공원경계측량도)라고 한 판결

1)"땅 높이를 측량하니 공원경계선이 나오더라"는 황당한 마술

[5] 위 관리사무소는 이 사건 처분 당시 첨부된 50,000분의 1 비율에 의한 위 팔공산 도립공원구역도(을 제1호증)만으로는 공원구역의 경계를 정확하게 알 수가 없어 ▨▨▨ 국립지리원으로부터 측량법에 의한 공공측량 작업규정 승인을 받아 공공측량을 실시한 후, 1992. 6. 25. 그 측량성과품인 1,200분의 1 비율의 팔공산 도립공원 경계측량도(을 제8호증)에 대하여 측량법에 의한 심사를 의뢰하여, 같은 해 7. 5.경 그 정확도를 인정받아 같은 해 7. 23. 그 측량성과를 관보에 고시하고 이를 기준으로

위 판결문에서는 지형 낙서인 '트레싱원도'를 두고 임의로 증서(팔공산도립공원경계측량도)라고 본질을 바꿔치기하여 놓고서 판단을 하고 있다. 그리고는 그 제작 경위와 방법을 설명할 때는 "50,000분의 1비율에 의한 팔공산도립공원구역도만으로는 공원구역의 경계를 알 수 없어, 측량법에 의해 땅 높이를 측량하였더니 팔공산도립공원경계측량도(트레싱원도)가 나오더라."라고 적고 있다.

그런데 위에서 "50,000분의 1 비율에 의한 팔공산도립공원구역도"는 공원경계를 알 수 없는 불명도면이라는 것은 알겠는데, 그러나 땅 높이를 측량하였는데 결과로써 등고선이 나오지 않고 공원경계선이 나왔다는 말은 도대체 있을 수 없는 불법·불능의 내용이다.

위는 "건축설계도면이 없을 때에는 측량법으로 건물 기둥 높이를 측량하면 건물테두리線(건물바닥면적)이 나온다."라는 것과 같은 꼴이다.

마술은 앙코르가 안 된단다. 그 자리에서 다시 재현하려면 그 게 안 된단다. 위의 현상은 성과도면을 바꿔치기하고 보니, 원인과 결과를 마술과 같은 방법으로 연결하게 된 것이다.

아무튼 우리는 여기서 판결문 '기초사실의 인정'이란 곳은 사실을 변조하여 얼마나 허무맹랑하게 소설로 적는지를 보아두자.

*나는 속이고 이기느니보다 영예롭게 지는 편을 택하겠소.
- 버트란트 러셀 -

2) "무죄를 입증하지 못하면 유죄"라는 논리

스캔 : 판결문 3.판단에서

나. 원고의 위 (2) 주장애 대한 판단

갑 제18호증, 갑 제20호증, 갑 제22호증, 갑 제23호증, 갑 제30 내지 33호증의 각 기재에 의하면 이 사건 처분당시 첨부된 50,000분의 1의 비율에 의한 팔공산도립공원구역도(을 제1호증)로는 지형도이므로 그를 기초로 하여 지적도에 의한 경계복원측량을 할 수 없다는 점은 인정되나 그 사실만으로는 위 팔공산공원경계측량도가 부정확하거나 부적법한 측량에 의한 것이라고 인정할 수는 없고, 달리 이를 인정할 자료가 없다.

위 판단에서 "처분 당시의 1/50,000 팔공산도립공원구역도는 경계복원측량이 不可라는 점은 인정되나, 그 사실만으로 위 '트레싱원도'(팔공산도립공원경계측량도?)가 부정확한 측량에 의한 것이라 인정할 수 없다."라는 내용이 옳은 문장인가? 같은 문장에서 원도면이 '불명확'이라고 말할 때는 언제이고, 이내 원도면이 정확한 것처럼 '공원경계측량도'(트레싱원도)가 있다고 말하는 것은 무슨 자가당착인가?

판결문에 마음이 작용하게 되니 따라서 사실을 불법과 불능으로 어렵게 적는 것이리라.

原도면(공원도면)이 不明이면 짝퉁(공원경계측량도)도 不明이라야 맞다.

*거짓말로 땅 끝까지라도 갈 수 있으나 다시 돌아오지는 못한다.
거짓말은 그 말한 사람의 눈빛을 비천하게 한다.

- 체호프-

3) 실지현황측량(높이)으로 경계측량도(넓이)를 만들었다는 마술

스캔 : 판결문 기초사실의 인정(5)에서

표석을 설치하고 공원관리를 하고 있는바, 위 팔공산도립공원경계측량도는 위 지형도인 팔공산도립공원구역도(을 제1호증)에 의하여 결정 고시된 위 도립공원의 경계를 측량법에 의하여 실지현황측량을 한 후 그 위에 1,200분의 1 비율에 의한 지적도의 지적을 병기한 것이고, 위 팔공산도립공원경계측량도를 기초로 하여 지적법에 의하여 당심

위 기초사실은 '트레싱원도'(팔공산도립공원경계측량도?)를 만든 과정에 대한 설명이다. 여기서 '1980. 5. 13. 팔공산도립공원구역도에 의하여 결정된 도립공원의 경계를…'이라는 문구를 보면 도면의 내용에 대한 측량이다. 그런데 다음 줄의 '실지현황측량을 한 후…'를 보면 측량대상은 실지(實地)의 땅 높이 측량이다. 즉 측량대상인 목적어가 서로 반대가 되는 내용으로 2개를 올려놓고 있다.

그 원인은 앞장에서는 '지형현황도'를 만든 원인을 설명하였고, 뒷장에 가면 '공원경계측량도'에 대한 성과를 설명하게 되니, 여기 중간과정에서는 위와 같이 양쪽에 걸치기 위해 목적어가 상반된 내용으로 2개인 문장을 등장시키게 된 것이다. 위의 내용을 목적어 1개인 정상적인 문장으로 만들려면 '도립공원 경계를(목적어)'이라는 말은 '도립공원 경계의(위치를 나타내는 수식어)'로 바꾸어야 된다. 그러면 '실지현황(땅 높이)'이라는 목적어 하나만 남게 되고 그 성과는 等高線(지형현황도)만 나온다. 공원경계선(공원경계측량도)은 상관없는 말이 된다.

3. 불법은 피고가 행하고 책임은 제3자에게 덮어씌우고

1) 공원경계측량도 고시는 측량법과 국립지리원고시의 권한 밖인데

스캔: 판결문 기초사실의 인정 (5)에서

실시한 후, 1992. 6. 25. 그 측량성과품인 1,200분의 1 비율의 팔공산 도립공원 경계측량도(을 제8호증)에 대하여 측량법에 의한 심사를 의뢰하여, 같은 해 7. 5.경 그 정확도를 인정받아 같은 해 7. 23. 그 측량성과를 관보에 고시하고 이를 기준으로

위 판결문에서는 '트레싱원도'(위에서는 '팔공산도립공원경계측량도'라고 표기)를 두고 측량법으로 만들고 국립지리원고시까지 한 공원경계측량도라는 것이다. 그러나 측량법과 국립지리원고시는 공원경계선 측량과는 법적으로나 사실적으로 아무 인과관계가 없다. 권한 밖이다.

그리하여 첨부된 증빙인 '측량법', '공공측량작업규정', '공공측량

성과심사서' 등을 보아도 모두 '지형현황도'와 관련한 증빙이다.

그런데도 판결문은 '트레싱원도'를 두고 '팔공산도립공원경계측량도'라고 적으며 그 작성책임자를 측량법과 국립지리원장이라고 덮어씌우니, 현실은 법이나 사실보다는 강자의 마음을 더 중요하게 보는 것 같다.

2) 공문서 부정행사에 의한 판결

제12175호	관 보	1992. 7. 23. (목요일)

⊙**국립지리원고시제1992─121호∼제1992─123호**
공공측량 성과를 측량법 제34조제2항의 규정에 의하여 다음과 같이 고시합니다.
1992년 7 월23일
국립지리원장

고시제1992─121호

측 량 의 종 류	공공측량[팔공산 도립공원 경계 현황측량 (제4차)]	
측 량 계 획 기 관	경상북도 팔공산 도립공원 관리사무소	
측 량 지 역	경북 군위군 부개면, 산성면∼영천군 신령면	
공공측량성과	성 과 구 분	공 공 삼 각 점	지 형 현 황 도
	수 량	3점	24도엽
	정 확 도	폐합오차 : 60″이내 배각차 : 36″이내 관측차 : 24″이내	축척 : 1:1,200 평면오차 : 0.5mm이내 등고선 간격 : 주곡선 1m 계곡선 5m 도면의 크기 : 세로 : 40cm 가로 : 107cm
측 량 기 간	1992년 3 월13일∼1992년 5 월30일	
성 과 보 관 장 소	경상북도 팔공산 도립공원 관리사무소	

위의 국립지리원고시 제1992-121호 고시문을 보면 분명히 '지형현황도 고시'이다. 고시내용에서 성과를 보면 등고선의 정확도(***m 표시)를 고시하고 있다. 따라서 위 고시문에 나오는 "국립지리원고시", "측량법 제34조제2항", "공공측량", "공공삼각점", "등고선" 등 모두 땅 높이 측량과 관련한 것이다. 그런데도 불구하고 위 판결문에서는 국립지리원고시 제1992-121호로 '팔공산도립공원경

계측량도를 고시하였다'고 기재하였으니, 이는 공원경계측량선의 정확도(공원넓이 ***㎡ 표시)를 고시한 것처럼 되어 공문서부정행사에 해당할 것이다. 따라서 우리는 판결문이란 강자를 위해서는 공문서부정행사도 서슴지 않음을 미리 알고 있어야 한다.

*국립지리원고시에서 '皓示'라는 뜻
법, 시행령, 규칙과 같이 고시도 국민에게 권리의무관계를 직접 규율하는 법규적 성질을 지니고 있다. 행정처분이나 법률행위와 같은 말이다.

3) 문서제출명령신청에는 낙서가 나오고

스캔 : '트레싱원도' 26매

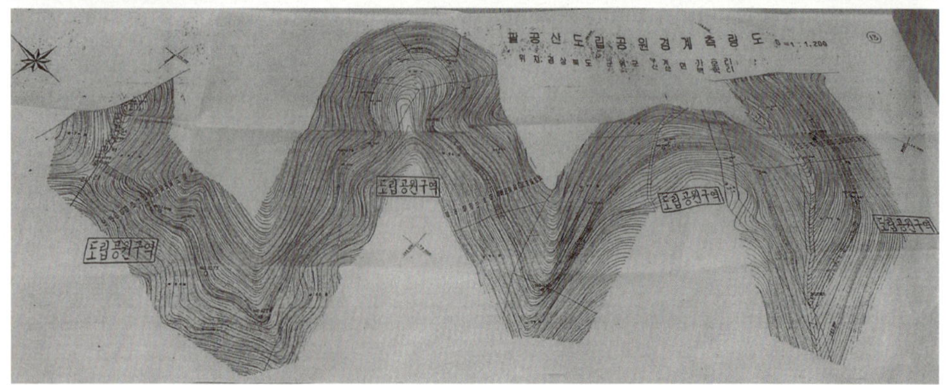

전항과 같은 공문서부정행사를 보다 구체적으로 확인하기 위하여 원고는 피고에게 국립지리원고시 제1992-121호로 만든 측량성과도에 대해 문서 제출명령을 신청하였다. 그런데 문서 제출명령에는 진짜(지형현황도)가 아니고 지형 낙서(트레싱원도)가 나왔다.

그리하여 원고는 피고가 그때 고시된 도화라고 속이며 제출한 그 지형 낙서(트레싱원도) 26장(세로 40㎝, 가로 107㎝)를 모두 복사하여 두었다가, 이 소송이 끝나자마자 피고 소송수행자가 지형 낙서(트레싱원도)를 두고 국립지리원장이 국립지리원고시로 고시한 공원경계측량도라고 한 것에 대해서 바로 고소를 하게 되었다.

그러자 피고 소송수행자는 수사관에게 국립지리원고시 제1992-121호와 이 사건은 아무 관계가 없는데 당시 착오였다고 말하게 된다.

결국은 무혐의로 처분되었다. 유권무죄?

*매화는 평생 추워도 그 향기를 팔지 않는다.
- 퇴계 이황 선생 좌우명 -

*진실한 말에는 꾸밈이 없고, 꾸미는 말에는 진실이 없다.
- 노자 -

▲ 여기서는 원고 패소이지만 다음 판결에 가면 반대가 된다.

지난번 행정심판에서는 '땅 높이 측량으로 공원경계를 표시하였다면⋯'이라고 가정(假定)을 세워놓고 이를 근거로 판단한 바 있다. 그런데 여기서는 그 가정마저 없어지고 그냥 대놓고 "측량법으로 땅 높이 측량하니 '트레싱원도'(팔공산도립공원경계측량도?)가 나와서 고시하였다"며 있을 수 없는 불법·불능의 내용으로 원고에게 패소 판결을 하였다.

공원처분도면은 어드메 있느뇨?

땅 높이를 측량하면 어떻게 공원경계선이 나올 수 있느냐?

국립지리원고시가 공원경계측량도와 무슨 관련이 있느냐?

그리하여 원고는 연이어 다른 필지를 두고 새로이 소송을 시작하였다.

그러자 다음 판결에서는 이곳과는 반대의 판결이 나오게 된다.

*세상에서 가장 강한 것은 양심이다. 양심이 약하면 인간도 약해진다. 많은 양심을 보존함으로써 인생을 가장 강하게 살아나갈 수 있다는 점을 사람들은 너무도 생각지 않고 있다.

- 에픽테토스 -

아무튼 독자는 여기서 증빙의 변조에 대해서 살짝 경험하였다.

향후 계속 좀 더 다양하게 증빙의 변조 방법을 경험하여 보자.

제6장

진실로 국립지리원이 不能을 고시하였는가?

제6장

진실로 국립지리원이 不能을 고시하였는가?

진실로 국립지리원이 不能을 고시하였는가?

종전의 행정소송에서는 "측량법으로 땅 높이를 측량하여 공원경계선(**팔공산도립공원경계측량도**)을 찾아서 국립지리원에서 고시하였다"고 판결하였다. 즉 피고와 판결문은 불법과 할 수 없는 불능을 행하면서, 그 책임을 엉뚱하게 권한 밖인 제3자(**국립지리원고시**)에게 덮어씌워서 판결한 것이다. 그리하여 원고는 국립지리원고시가 진정으로 불법과 불능을 행하였는지를 알기 위해, 아래와 같이 피고를 국토지리정보원장으로 하여 국립지리원고시 무효소송을 하여 보았다.

1. 국립지리원고시 무효소송(대구지방법원 2003구합62**)

1) 피고(국토지리정보원장)의 답변서

① 답변요지: 공원경계선이 없으므로 대상적격, 원고적격이 아니다

스캔: 2003. 10. 피고 답변서

Ⅰ. 본안 전의 답변
 1. 본 건은 행정소송의 대상이 될 수 없습니다.
 2. 피고의 의사가 포함되지 아니한 소송대상적격이 되지 아니하므로 각하되어야 하고,
 3. 원고에게는 측량성과도의 기재사항의 무효를 요구한 법적인 실익이 없으므로 이 사건 소는 각하되어야 합니다.

Ⅲ. 결론
 우선적으로 원고의 이 사건 청구는 대상적격, 원고적격이 없는 것으로서 마땅히 각하되어야 합니다. 다음으로 본안 판단부분에 있어서 원고가 주장하는 고시의 위법성은 전혀 없으며, 관련 법 절차에 따라 이루어진 적법한 것입니다. 고시가 무효로 되기 위해서는 측량성과의 정확도가 없는 것으로 판명이 되어야 하나 이에 대한 반론이 없이 성과도의 제목만을 문제삼아 고시의 무효임을 주장하는 것은 부당 합니다. 또한 피고가 공원경계선을 확정한 것이 아닙니다. 이 공원경계선의 다툼은 경상북도지사와 이루어질 부분입니다..

3. 원고 주장에 대한 반박

가. 공원경계선의 확정 주체

원고가 피고의 사건 측량성과의 고시의 위법성을 주장하나 피고는 측량법의 관련규정에 따라 ⟨지형현황도⟩ 등의 정확도 등을 고시한 것에 지나지 않으며 피고의 주장대로 공원경계선을 확정한 것은 경상북도이므로 경상북도와 공원경계선에 대한 다툼이 이루어질 부분입니다.

피고는 공원경계의 확정과는 전혀 무관합니다. 피고는 공공측량성과의 정확도 즉 경상북도에서 제출한 측량성과의 정확도 등을 고시한 것이며 고시문(갑제2호증)에서도 공원경계를 확정하는 내용은 전혀 없음이 명백합니다. 단지 원고가 문제시 삼는 것은 지형현황도의 ⟨제목⟩이며 이는 공공측량계획기관의 ⟨사업명칭⟩의 단순한 이기이고 측량법과는 무관하고 측량성과의 정확도는 문제가 없습니다. 따라서 원고의 소 제기는 소송대상을 오인한 것입니다.

피고**(국토지리정보원장)**는 위에서 "피고가 공원경계선을 확정한 것이 아닙니다", "성과도의 제목만을 문제 삼아 고시의 무효임을 주장하는 것은 부당합니다", "공원경계선의 존재여부**(存否)**의 다툼은 경상북도지사와 이루어질 부분입니다"라고 하였다.

국립지리원장은 땅 높이 측량의 성과로 '지형현황도'의 정확도를 고시한 것에 지나지 않고, 공원경계선 자체가 없어 원고와는 아무 이해관계가 없으니 소송대상과 원고적격이 아니라는 것이다.

(자기는 제3자 관계)

*아무도 가면을 오랫동안 쓰지는 못한다. 죄는 어떻게든 드러난다.

 – 세네카 –

② '트레싱원도'를 제시하니 국토지리정보원장이 '부지'라고 함

그리하여 원고는 국토지리정보원장에게 '트레싱원도'를 제시하며 국립지리원고시라고 하여 보았다. 그러자 국토지리정보원장은 서증인부표에서 "부지(작성명의인에 의해 작성된 문서인지 확인 불가능)"라고 하였다.

문서의 진정성을 책임질 작성명의인이 없어 부지라는 것은 증서(문서, 도화)로써 인정할 수 없다는 뜻으로 낙서이거나 휴지조각이라는 것이다.

스캔 : 국토지리정보원장의 서증인부표

서 증 인 부 표

사   건 2003구합 6▨ 팔공산도립공원경계측량도무효확인

원   고 ▨

피   고 국토지리정보원장

번 호	서증이름	인 부
갑제1호증	토지등기부등본1부	성립인정
갑제2호증	국립지리원고시1부	성립인정
갑제3호증	측량성과물	부지(작성명의인에 의해 작성된 문서인지 확인 불가능)
갑제4호증	측량성과물	부지(작성명의인에 의해 작성된 문서인자 확인 불가능)
갑제5호증	관할군 질의회신	성립인정
갑제6호증	측지58250-980호	성립인정
갑제7호증	측지58252-504호	성립인정
갑제8호증	총무2001-157호	성립인정
갑제9호증	질의회신서	성립인정
갑제10호증	측량성과물	부지(작성명의인에 의해 작성된 문서인지 확인 불가능)

2) 판결문

"공원경계표주와 공원경계측량선의 정확도를 고시한 바 없다"

대구지방법원 2003구합6***에서 재판장이 원고에게 물은 말이 있다.

질문 : "공원경계측량은 측량법의 권한 밖이란 말이지?"

답변 : "예, 그렇습니다."

그러자 더 이상의 질문도 논쟁도 없었다. 그리고 바로 판결문이 나왔다.

스캔 : 대구지방법원 2003구합6*** 판결문

따라서, 이 사건 소는 부적법하다.

나아가, 이 사건 소송의 청구취지를 국립지리원장의 1992. 7. 23.자 고시의 무효확인을 구하는 것으로 본다고 하더라도, 위 고시는 위 측량성과의 정확도와 보관장소 등을 공고한 것에 불과하여, 원고의 구체적인 권리의무에 직접적인 변동을 초래하는 처분이라고 볼 수 없어 무효 등 확인소송의 대상이 될 수 없으므로 이의 무효확인을 구하는 것도 부적법하다(국립지리원장은 지형현황도의 정확도를 고시한 것이고, 원고 주장과 같은 공원경계표주와 공원경계측량선의 정확도를 고시한 바도 없다).

"국립지리원장은 지형현황도의 정확도를 고시한 것이고, 공원경계표주와 공원경계측량선의 정확도를 고시한 바도 없다"라고 판결문을 적었다. 그러므로 "국립지리원장이 팔공산도립공원경계측량도를 고시하였다"는 직전 판결문(피고: 경상북도지사)과는 완전 정반대로 나왔다.

*반쪽 진실은 허위보다 무섭다.

- 포이히타스레벤 -

2. 강자만 따라가는 해바라기 판결문을 아시나요?

피고가 경상북도였을 때 판결문은 "국립지리원장이 팔공산도립공원경계측량도를 만들고 고시하였다"라며 국립지리원장에게 모든 책임을 덮어씌웠다. 그런데 피고를 국토지리정보원장(종전 **국립지리원장**)으로 한 이곳 판결에서는 "국립지리원장은 지형현황도의 정확도를 고시한 것이고, 공원경계표주와 공원경계측량선의 정확도를 고시한 바도 없다"라고 바뀌었다. 즉 반대가 되었다. 그런데 이 후에 피고가 또 경상북도가 되면 또 "국립지리원장이 팔공산도립공원경계측량도를 고시하였다"라고 국립지리원장에게 덮어씌워서 판결한다. 그 과정에서 그 사실이 '측량법이나 국립지리원장의 권한으로 가능한 일인지?' 또한 '사실적으로 가능한 일인지?'는 전혀 상관하지 않았다. 아무튼 똑같은 사건을 두고도 피고(**강자**)가 바뀌면 판결내용이 번복되는 것을 보면, 법이나 사실은 그대로 있지만 판결하는 사람의 마음이 바뀌는 것임을 짐작할 수 있을 것이다.

따라서 우리는 여기서 법이 아니라 강자만 따라가는 해바라기 판결의 존재를 확실히 보아 두자.

*모든 거짓을 버려라. 비록 작은 거짓일지라도 굴뚝 재같이 시커먼 것 임에는 틀림없다. 우리의 마음을 그러한 것으로 더럽혀서는 안 된다.

- 러스킨 -

제7장

처분(기각)과 非처분(각하)은 같은 말?

처분(기각)과 非처분(각하)은 같은 말?

국립지리원고시가 처분인지 여부를 알기 위해 앞에서 행정소송을 한 바 있다. 그런데 피고1(**경상북도지사**)을 상대로 소송할 때와 피고2(**국토지리정보원장**)를 상대로 소송할 때에 그 사실에 대한 답변이 반대로 나왔고, 판결 결과 또한 처분(**기각**)과 非처분(**각하**)으로 반대가 되었다. 해바라기 판결이었다. 그래서 원고는 이 사건 소를 통하여 통일된 답변과 판결을 듣기 위해 피고를 2개의 기관 즉 공동피고(**경상북도지사, 국토지리정보원장**)로 한 소송을 하게 되었다.

1. 기각(경상북도)과 각하(국토지리정보원)로 답변서가 반대

(대구지방법원 2006구합12** 경계측량선고시부존재확인)

그 결과 답변서가 1개가 아니고 2개가 도착하였고 그 내용이 또한 반대이었다. 피고1(**경상북도지사**)은 "국립지리원고시는 팔공산도립공원경계측량도 고시이므로" 기각해 달라는 요지이다. 반면에 실제 고시를 행한 당사자인 피고2(**국토지리정보원장**)는 "국립지리원고시는 지형현황도 고시로(**공원경계측량선을 고시하지 않아서**) 원고와는 아무런 관련이 없으니" 각하를 요구하였다. 그러므로 피고1은 피고2에게 불법을 덮어씌우려는 양상이고, 피고2는 안 덮어쓰겠다는 양상이다. 그러면 원고는 서로 반대인 답변서를 두고 어느 기준으로 답변해야 하는가?

2. 피고1(경상북도지사)의 답변서를 보면 세상에

청구취지에 대한 답변

1. 원고의 청구를 기각한다.

2. 소송비용은 원고의 부담으로 한다.

피고1의 답변내용은 '트레싱원도'(팔공산도립공원경계측량도?)를 두고 국립지리원에서 고시(처분)한 도면이라며 기각을 요구하였다.

1) 지형현황도를 '트레싱원도'(공원경계측량도?)로 바꿔치기 하니

공원지정 및 계획 결정 당시 고시된 도면(1:50,000)으로는 지적법에 의한 경계복원측량은 불가능하고, 고시당시 도면의 경계를 구체화하는 방법으로 실제 땅모양에 대하여 측량법 소정의 절차에 의한 공공측량은 가능하였으므로 팔공산도립공원경계측량도(1:1,200)를 제작할 수 있었던 것입니다.

피고1.이 제작하여 현재까지 공원관리업무에 적용하고 있는 "팔공산도립공원경계측량명시도"는 측량법 소정의 절차를 거쳐 그 측량성과에 대하여 정확도가 인정·고시된 적법한 도면으로서 당초 공원지정공고도면과 일치한다 할 것이며,

피고1은 위 준비서면을 보면 국립지리원이 고시한 것은 '지형현황도'가 아니라 '트레싱원도'(팔공산도립공원경계측량도?)라고 말하며 여기에

꿰맞추기 위한 답변서를 쓰고 있다.

그러므로 여기에서는 "공원지정도면은 불명확하므로 경계측량은 불가능하지만, 땅 높이에 대해서 측량법 공공측량은 가능하였으므로, 팔공산도립공원경계측량도를 만들 수 있었다"는 괴상한 내용의 답변이다.

위에서 공원지정도면이 불명확하여 경계측량이 불가능하다는 것은 알겠는데, 그런데 측량법으로 땅 높이를 측량하였으면 왜 결과로써 지형현황도가 나오지 않고 팔공산도립공원경계측량도가 나왔다고 하는지는 불법·불능의 내용이니 귀신이 곡할 노릇이다.

이는 도면 바꿔치기 결과의 부작용이다.

아래에서는 피고1이 도면 바꿔치기를 한 결과를 합리화하기 위해 그 후 억지를 부리며 답변한 것들을 발췌하여 보았다.

- 중국 격언 -
착하고 올바른 사람이란 누구인가?
믿음을 갖고 믿음에 따라 살아가는 사람이야말로
착하고 올바른 사람이다.
그렇다면 믿음이란 무엇인가?
인간의 뜻이 세계의 양심과 세계의 지혜와 일치되는 것이
바로 믿음이다.

2) '지형현황도'와 '공원경계측량도'는 글자와 뜻이 다른데도

국토지리정보원(구.국립지리원)고시 제84호(1991.07.30)에 근거한 92도엽의 팔공
도립공원경계측량도(고시문의 지형현황도)에 원고가 주장하는 지역이 분명하게 표

이 사건 토지구역은 국립지리
원고시제84호(1991.7.30)로 고시한 지형현황도(팔공산도립공원경계측량도)에 명확히

위 피고1의 준비서면에는 "팔공산도립공원경계측량도(고시문의 지형현황도)", "지형현황도(팔공산도립공원경계측량도)"라고 표기하여, '지형현황도'와 '공원경계측량도'는 같은 뜻이라고 적고 있다. '지형현황도'를 '트레싱원도(팔공산도립공원경계측량도?)'로 바꿔치기한 것을 은폐하기 위함이다. 강자에게는 법뿐만 아니라 국어도 필요 없음을 보여준다.

진정 등고선(땅 높이)을 표시한 '지형현황도'와 공원경계선(공원넓이)을 표시한 '공원경계측량도'가 같은 뜻인가? 전자의 등고선은 3차원인 입체공간에 있고, 후자의 공원경계선은 2차원(수평투영)인 평면에만 있다.

3) 법과 증빙보다는 강자의 "누락"이란 말이 더욱 중요

리가 누락된 것 같으나, 이 사건 토지구역은 국립지리
원고시제84호(1991.7.30)로 고시한 지형현황도(팔공산도립공원경계측량도)에 명확히

피고1은 종전의 재판에서는 '트레싱원도'(팔공산도립공원경계측량도?)를 두

고 국립지리원고시 제1992-121호로 고시한 도면이라고 말하였지만, 이 사건에서는 국립지리원고시 제84호로 고시한 도면이라고 말을 바꾸었다. 그리하여 원고가 이것도 지역이 달라서 국립지리원고시 제84호 고시문에 **리가 없다고 하였더니, 세상에 이런 일이! 피고는 이제는 "누락"이라고 말하고 있다.

사실은 이 사건 **리(약 10㎞ 추정)에서는 어떠한 측량도 고시도 없었다. 또한 측량법이나 국립지리원고시는 공원경계측량도 고시가 권한 밖이다. 그런데도 나중에 이 사건 판결문을 보면 여전히 이 지역에 측량법이나 국립지리원고시라는 말을 빙자하고 있으니, 법이나 고시나 증빙(사실)보다는 강자의 "누락"이란 말이 더 중요하게 작용하고 있음을 볼 수 있다.

4) 피고1이 위치도를 가짜로 바꿔치기하여 제출

스캔: 2006. 7. 피고1(경상북도지사) 준비서면

을 제12호증	공공측량작업규정 승인신청 보완시 제출된 위치도

'1991. 3. 14. 공공측량작업규정승인신청' 공문에는 그 당시 지형측량을 할 위치가 표시된 '작업구역도'(아래에 나오는 왼쪽 그림)가 첨부되어 있었다. 그런데 위 스캔을 보면 피고1은 나중에 국립지리원에 '1991. 5. 25. 공공측량작업규정승인신청 보완' 공문을 제출하면서 그 속에 새로 변경된 '위치도'(아래에 나오는 오른쪽 그림)를 끼워 넣었다고 말한다.

그러나 그 보완 공문의 붙임에는 '첨부: 위치도'라는 말이 없었다.

그리고 그 보완된 작업규정에도 작업구역을 변경한다는 말은 없었다.

경수참	유신조	국립지리원장 측지과장	발신명의	소장	(발송 도장) 1991. 3. 14

제 목: 공공측량 작업규정 승인 신청

팔공산 도립공원 경계측량을 시행함에 있어 측량법 제25조의 규정에 의거 별첨와 같이 작업규정에 따라 공공측량을 시행코자 하오니 승인하여 주시기 바랍니다.

청부 : 작업규정 및 (위치도) 1부 "끝"

경수참	유신조	국립지리원장 측지과장	발신명의	소장	(발송 도장) 1991. 5. 25

제 목: 공공측량 작업규정 승인 신청 보완

1. 측지30158~916 (1991. 4. 30)와 관련 입니다

2. 팔공산 도립공원 경계측량에 대한 공공측량 작업규정을 붙임과 같이 보완 신청하오니 승인하여 주시기 바랍니다.

붙임 팔공산 도립공원 경계측량 작업규정 1부 끝

*바보들에게 진실은 쓰고 비위에 거슬리지만 거짓은 달콤하고 유쾌하다.
— 성 크로소스톰 —

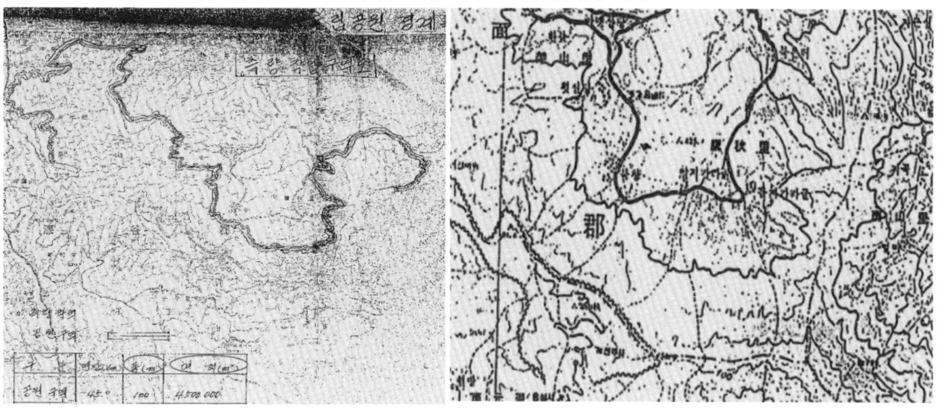

또한 위의 도면에서 좌측의 진짜를 보면 땅 높이 측량으로 등고선을 그릴 面積(4.5㎢) 표시가 있지만, 우측 가짜에는 면적(㎢) 표시는 없고 線(km)만 있으니 등고선을 그릴 장소가 없다. 따라서 전혀 측량법에서 요구하는 위치도의 형식(0.03㎢ 이상의 면적)을 갖추지 않았다.

사실을 말하면 좌측은 공공측량작업규정에 의하여 지형현황도를 만들 때의 지역(面積)을 표시한 작업구역도(진짜 위치도)이었지만, 피고1이 제출한 우측은 위치도가 아니라 과업지시서에 의해 '트레싱 원도'(팔공산도립공원경계측량도?)를 만들 때에 급조(急造)한 가짜공원지정도면이었다.

그러므로 피청구인은 작업구역도를 가짜 공원도면으로 바꿔치기하여서, 이 사건 공공측량작업규정의 성격(등고선 측량→공원경계선 측량)과 작업지역을 동시에 바꾸려고 하였음이 드러난다.

5) 기초도면이 '위치도'라는 말은 공원도면이 아니라는 말이다

피고1이 위에서 위치도(측량법에서 정한 0.03㎢ 이상의 面積을 표시)를 제시하였다는 말은, 바로 당시 공원경계선을 표시하는 공원도면(線표시, ㎞)은 제시하지 않았음을 증빙하고 있다.

6) 공원도면을 불명확도면으로 선정해 놓고는 그 자승자박을 토로

피고1이 이 사건 답변서에서 계속 증빙을 변조하여 제출할 때는 얼마나 곤궁하였으면 그리하였겠는가? 피고1은 그 고충을 아래에 토로하고 있다.

스캔: 2006. 5. 피고1 답변서 전국 공원관리 실태에서

라. 전국 공원관리 실태

만약, 권한 있는 자가 적법한 측량을 거쳐 작성하여 고시된 1:1,200 도면이 무시된다면, 공원구역 경계선을 정한 도면은 1:50,000 고시 도면 외에 어떠한 도면도 존재하지 않으며, 현재 시점에서도 고시 당시의 1:50,000 도면만으로는 지적측량이 불가능하므로 다시 도면을 복원하여야 하나, 측량법 절차를 거친 1:1,200 도면이 무시된 상태에서는 다시 복원한 그 어떠한 도면도 정당성을 인정받기는 어려울 것이며, 결과적으로 공원으로 지정하기 위한 행정적절차를 하여야 하며 이는 현실적으로 불가능합니다.

"지금 1:1,200 도면(트레싱원도)만이 공원경계선을 알 수 있으므로 무시될 수 없다", "고시 당시의 공원도면만으로는 경계측량이 불가능하므로, 다른 도면도 역시 정당성을 인정받기 어렵다", "결과적으

로 공원을 새로이 지정해야 하나 현실적으로 어렵다"라는 것이다. 공원도면을 불명확한 도면으로 바꾼 자승자박의 결과를 法이나 진리(사실)가 아니라 마음에 호소하고 있다.

그런데 전국 22개 도립공원 중에서 공원도면을 불명확한 도면으로 내세워 놓고, 그리고는 땅 높이를 측량하여 공원경계선(공원경계측량도)을 찾았다는 곳은 오직 경상북도팔공산도립공원 하나밖에 없다. 이와 같은 사항을 보면 다른 공원이 허위공문서를 행사하고 있는 것이 아니라 경상북도팔공산도립공원만이 문제가 있음을 알 수 있을 것이다. 따라서 전국 공원관리의 실태(불법행위)가 아니고 경상북도팔공산도립공원에만 문제가 있음을 알 수 있을 것이다.

*가장 치명적인 죄는 죄를 느끼지 못하는 양심을 갖는 것이다.
- 토마스칼라일 -

3. 피고2의 답변서는 올바르고 이치에 합당한 정론(正論)

전항의 피고1의 답변서는 국립지리원이 고시한 '현황측량원도'(지형현황도)가 있어야 할 자리에, 먼저 '트레싱원도'(팔공산도립공원경계측량도?)로 바꿔치기하여 놓고서 답변서를 작성하였다. 그러나 이곳 피고2의 답변서에서는 국립지리원이 고시한 '현황측량원도'(지형현황도)를 그대로 놓아두고서 답변서를 쓰고 있다. 그러므로 올바르고 이치에 합당한 정론(正論)이다.

1) 답변: 국립지리원고시는 지형현황도 고시이기에 각하

스캔 : 2006. 5. 피고2(국토지리정보원장)의 답변서 '각하'

청구취지에 대한 답변

1. 이 사건 소를 각하한다.

1. 행정처분의 경위

대한측량협회장은 총무92-384호('92.7.7)로 성과심사결과를 피고(국토지리정보원장)에게 통보(을제4호증)하였고, 피고(국토지리정보원장)는 측량법제34조제2항에 따라 측지30158-818호('92.7.15)로 공공삼각점과 지형현황도의 정확도 등을 행정자치부에 관보 게재의뢰(을제5호증)하여 관보에 고시('92.7.23)되었습니다.

4. 결론

경계 확정은 해당법령에 따라 관할청이 확정하는 것으로 국토지리정보원장이 고시한 내용은 측량법상 절차의 적법여부로 공원경계 확정과는 무관한 사항이므로 이 사건 소는 마땅히 각하되어야 할 것입니다.

피고2는 "국립지리원장은 지형현황도(1997년경 폐기)의 정확도를 고시하였다"이다. 그러므로 피고1이 전항에서 국립지리원장이 '트레싱원도'(팔공산도립공원경계측량도?)를 고시하였다고 답변하는 것과는 완전 반대이다. 그리하여 피고2(국토지리정보원장)의 결론은 "국립지리원장의 고시 내용은 공원경계측량선의 고시와는 무관한 사항이므로 마땅히 각하되어야 한다."라는 내용이다.

2) 지적법만이 경계점을 복원

- 지적법제32조 (지적측량의 목적과 대상)

① 지적측량은 토지를 지적공부에 등록하거나 지적공부에 등록된 경계점을 지상에 복원할 목적으로 소관청 또는 지적측량수행자가 각 필지의 경계 또는 좌표와 면적을 정하는 측량으로 한다.

② 다음 각호의 1에 해당하는 때에는 지적측량을 하여야 한다.

1.~3.(생략)

4. 경계점을 지상에 복원함에 있어 측량을 필요로 하는 때

5. (생략)

피고2는 위에서 지적법 제32조만이 각 필지의 경계를 정하고 면적을 정하는 측량을 할 수 있다는 답변이다. 그러므로 공원경계선(공원경계측량도)을 측량하는 것은 지적법이라는 것이다. 측량법에 의한 땅 높이측량(수준측량, 지형측량)과는 상관없다는 이야기이다. 피고1과는 반대이다.

*현실이 극도로 악화되면 진실이 나타난다.

*일생은 짧다! 무슨 일이던지 이성과 양심이 명하는 길에 따라 하도록 힘쓰고, 여러 사람의 행복을 위해서 마음을 써라! 그것이 인생의 가장 값있는 열매이다.

- 아우구스티누스 -

4. 판결문은 기초사실과 판단 부분이 서로 반대

1) 판결문 기초사실에서는 '기각'의 답변을 이기하고

스캔: 판결문 기초사실에서

실시한 다음, 1992. 6. 25. 피고 국토정보지리원장(변경 전 명칭 : 국립지리원장)에게

그 측량성과도인 축척 1,200분의 1 비율에 의한 팔공산도립공원경계측량도에 관하여

측량법에 의한 심사를 의뢰하여 그 해 7. 5.경 그 정확도를 인정받자 그 달 23. 그 공

공측량성과를 관보에 고시하고 이를 기준으로 해서

이사건 판결문 기초사실에서는 "측량법에 의해 땅 높이를 측량하여 팔공산도립공원경계측량도를 만들어서 국립지리원장이 고시하였다"고 있을 수 없는 불능의 사실로 코미디를 적었다. **(피고1이 답변한 기각 내용을 이기)** [참고로 다음 소송에 가면 피고1은 위 국립지리원 고시 제1992-121호는 이 사건과는 전혀 관계없다고 말하게 된다.]

*진실이 신발을 신고 있는 동안 거짓은 세상을 반 바퀴 돌 수 있다.
- 마크 트웨인 -

2) 판결문 판단에서는 '각하'의 답변을 이기하였다

주　　문

1. 이 사건 소를 각하한다.

의 정확도를 보증하는 국립지리원장의 고시도면의 존부 등은 모두 단순한 사실관계에 불과하고 행정소송법에서 무효, 부존재 등 확인소송의 대상으로 규정하고 있는 처분 등이라고 볼 수 없을 뿐만 아니라 앞서 인정한 사실 등에 의하면 피고들도 국립지리원장이 팔공산도립공원의 경계표주 및 경계측량선 또는 그 정확도를 고시한 사실이 있다고 주장하지 않고 있고,

그러나 판결문 판단 부분을 보면 "앞서 인정한 사실에 의하면 피고들도 국립지리원장이 팔공산도립공원의 경계측량선 또는 그 정확도를 고시한 사실이 있다고 주장하지 않고 있고"라고 하였다.

위 판단은 기초사실과는 반대의 판결을 한 것이다.

어쨌든 피고들(피고1과 피고2)이 답변한 내용이라는데, 그래서인지 피고1은 이후로도 '트레싱원도'에 공원경계선이 존재한다거나 공원경계선을 고시하였다는 말은 직접적으로는 한 번도 적시(摘示)한 바 없다.

아무튼 이 사건 결론만 보면 국립지리원이 고시한 것은 '팔공산도립공원경계측량도 고시'라는 말이 패소하고 '지형현황도 고시'라는 말이 승소한 것이 된다.

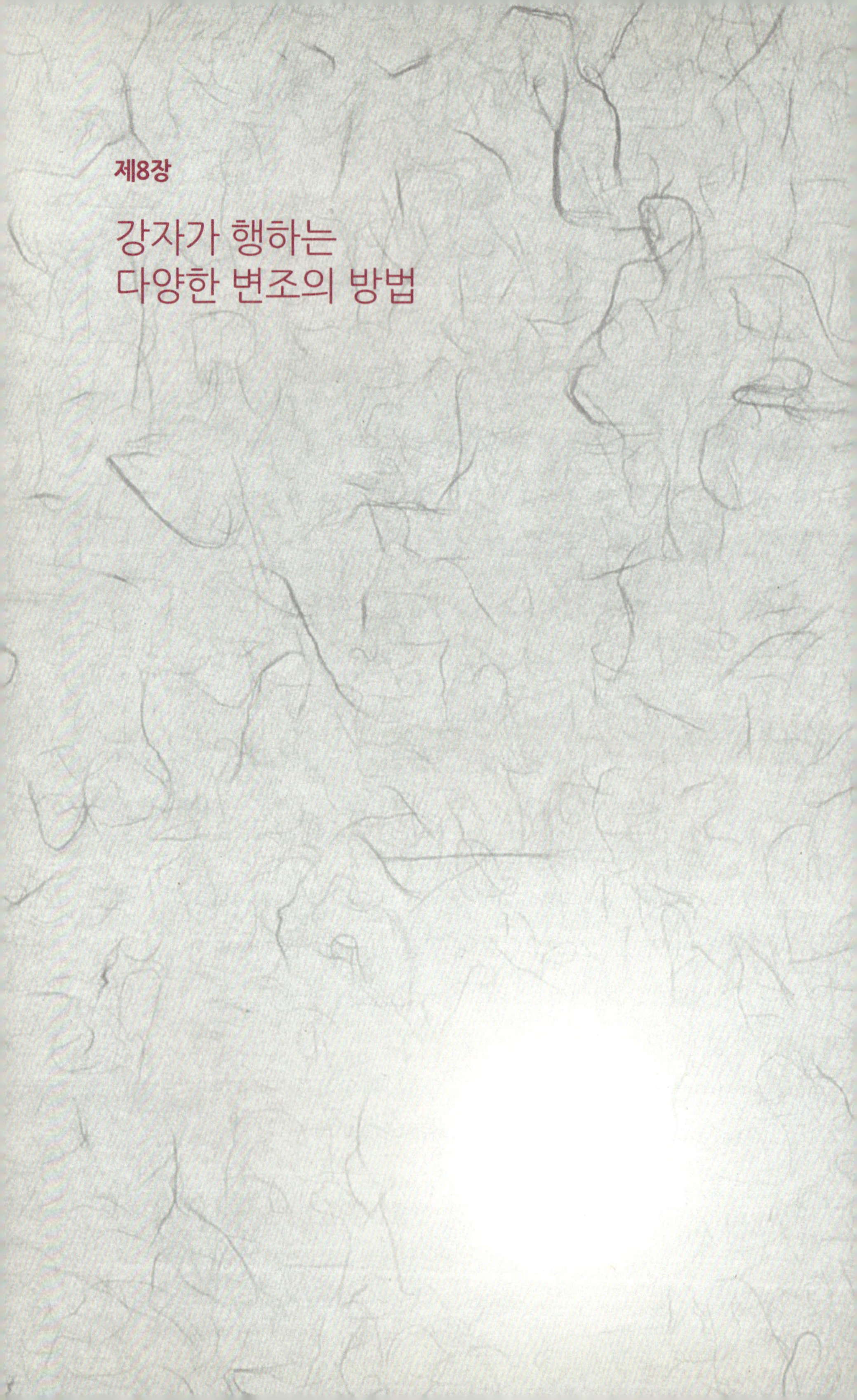

강자가 행하는
다양한 변조의 방법

제8장

강자가 행하는 다양한 변조의 방법

경상북도는 팔공산도립공원에서 공원행정을 공원대장(군위군)에 의해 행사하다가, 중도에 국립지리원장이 고시한 새로운 처분 도면이라며 '트레싱원도'로 바꾸어 버렸다. (**'트레싱원도'의 1차 위장고시 사건**)

그 후 행정소송에서 '트레싱원도는 처분된 도면이 아니다'라는 판결을 받게 되자, 경상북도는 2008. 12. 4. 공원계획고시를 하면서 그 첨부물에 '트레싱원도'의 내용을 옮겨 놓고 '공원구역변경 고시(**처분**)'로 위장하려 하였다. (**'트레싱원도'의 2차 위장고시 사건**).

그러나 공원계획변경고시로는 공원구역변경고시를 할 수가 없었으므로 청구인은 이 건과 같이 행정심판을 청구하게 된 것이다. 행정심판에서는 심판을 청구한 사람을 청구인 그리고 그 상대방을 피청구인이라고 말한다.

*죄는 처음에는 거미집의 줄처럼 가늘다. 그러나 마지막에는 배를 잇는 밧줄처럼 강해진다

- 탈무드 -

*눈이 보이지 않는 것보다는 마음이 보이지 않는 쪽이 두렵다.

- 아우구스티누스 -

1. 피청구인의 모순된 답변

1) 답변취지는 '공원구역 변경'이고 내용은 '공원구역 동일'이니 모순

스캔: 2009. *. 피청구인의 답변취지(답변목적)

답 변 취 지

'청구인의 청구를 기각한다'라는 재결을 구합니다.

피청구인의 답변취지(답변목적)는 "청구인의 청구를 기각한다"(청구인의 패소)를 구하였다. 공원계획변경고시로도 공원구역을 변경하는 고시를 할 수 있다는 것이 된다. 그런데 답변내용(원인설명)에서는 또 '트레싱원도'를 두고 처분도면인 것처럼 주장하면서 이를 그대로 이기하였으니 공원구역 변경이 아니라고 하였다. 그러므로 답변취지와 답변내용은 완전 반대이었다. 완전 자기모순(自己矛盾)이다.

청구인은 그 상반된 답변서에 대해 아래에서는 그 답변내용(원인설명)이 더욱 거짓이었으므로 이를 중심으로 응답하게 되었다.

2) '트레싱원도'(공원경계측량도?)를 또 처분(고시)이라고 주장

청구인은 종전에 다음과 같은 내용을 말한 바 있다.

"국립지리원에서 지형현황도를 고시하면서 고시문에 그 사본의 보관장소를 경상북도팔공산도립공원관리사무소로 고시한 점을 이용하여, 경상북도는 그 자리에 '지형현황도 사본' 대신에 '트레싱원도'로 바꿔치기하여 놓았다." "또한 그 '트레싱원도'는 공원경계선(공원경계측량도)과는 전혀 관계가 없는데도 불구하고 그 이름을 '팔공산도립공원경계측량도'라고 붙여 놓았다"라고….

피청구인은 이 건에서 또 '트레싱원도'(공원경계측량도?)를 고시된 도면이라고 주장하면서, 그 제작을 위한 원인증빙으로는 국립지리원이 고시한 '지형현황도' 제작과 관련한 서류를 내놓았다. 그리하여 원인(지형현황도 제작)과 그 성과물이라는 '트레싱원도'(공원경계측량도?) 사이에는 표시성격이나 지역이 전혀 다른 이상한 문제가 발생하게 된다. 그 이상한 문제에 대해 피청구인은 지금까지는 빙빙 둘러서 두루뭉술로 답변하였지만, 여기서는 노골적으로 응답한 부분도 상당히 있다.

그러므로 독자는 공원도면이 유령인 공원에서, 피청구인이 지형낙서(트레싱원도)를 공원도면의 짝퉁(공원경계측량도)인 것처럼 지록위마(指鹿爲馬)하기 위해서 행하는 다양한 증빙변조 양태를 쉽게 구경할 수 있을 것으로 본다.

아래를 결과보다는 그냥 작은 단락별로 단순하게 끊어 읽으면서 강자가 행하는 다양한 증빙의 변조양태를 보아 두도록 하자.

*부끄러움을 모르는 것과 자부심은 형제간이다.

- 탈무드 -

2. 대담하고 다양한 변조의 실상을 골고루 구경해 보자

1) 공공측량작업규정을 변조하여 바꿔치기

피청구인은 과거 국립지리원장에게 제출한 공공측량작업규정을, 이 사건 법원에 제출하면서 완전 변조하여 제출하였다.

다음 페이지에서 그 변조한 내용을 보면 특히 작업지역을 표시한 항목번호를 삭제해 버렸다. 그 와중에 다른 번호인 1, 2, 3, 4, 5 라는 글자를 모두 손으로 고쳐 쓴 흔적이 역력히 보인다.

스캔 : 1991. 5. 25. 작업규정승인신청 공문과 첫 페이지 변조부분

수신처 보존기간		시행일자	1991. 5. 25				문서통제	
보조 기관	계 장			협조기관			검열 1991. 5.	
	계						발송인	
기안책임자								
경유 수신 참조	국립지리원장 측지과장			발신명의	도 장		1991. 5. 25	
제 목	공용측량 작업규정 승인신청 보완							
	1. 측지30158~916 (1991. 4. 30)와 관련입니다.							
	2. 팔공산 도립공원 경계측량에 대한 공공측량							
작업규정을 붙임과 같이 보완 신청하오니 승인하여 주시기								
바랍니다.								
붙임 팔공산 도립공원 경계측량 작업규정 1부. 끝.								

1. 측량의 기준

가. 사용되는 기준점 성과

기준 삼각점 및 수준점 또는 선행된 공공 기준점에 의한다.

나. 좌   표

평면 직각좌표를 사용한다.

다. 단   위

C.G.S 단위를 사용한다.

2. 측 량 표

가. 영구표지는 측량법 시행규칙(별표 1) 측량표의 형상에 의하여 설치하고, 영구보존
케로 한다.

나. 임시 표지는 말목으로 한다(4.5cm × 4.5cm × 45cm)

다. 측량지역의 기준점(기본삼각점, 기본 수준점, 도근점)의 현지답사결과 묘지의
상태를 별첨 1 서식에 의거 점의 조사서를 작성, 비치하고, 그 사본을 측량성과
와 동시에 국립지리원장에게 제출한다.

라. 측량지역내의 기준점(공공삼각점, 공공수준점, 도근점)을 영구표지로 설치하였을
때는 별첨 2 서식에 의거 점의 조서를 작성, 비치하고, 그 사본을 국립지리원장
에게 제출한다.

3. 지도의 명칭 및 축척

국립공원 경계 측량도 : 1/1,200,

4. 측량성과 및 측량의 기록

측량성과표 및 지형도는 중요지명, 측량년도, 명칭을 기재하며, 측량 계획 기관에
보관하고 본 측량성과 사본을 국립지리원장에게 송부한다.

5. 측량기록 에는 측량 기술자의 면허번호, 성명을 명기한다.

*박해는 의로운 사람이 고통 받도록 만들지 않고, 만일 진실의 옳은 쪽에 서있다면 압박이 그를 파괴하지도 못한다. 소크라테스는 독약을 들며 미소를 지었고, 스데반은 돌에 맞아죽으며 미소를 지었다. 진실로 아픔을 주는 것은 양심으로써, 우리들이 그것을 거역하면 양심은 괴로워하고, 우리들이 그것을 배반하면 양심은 죽어버린다.

-칼릴 지브란-

*올바른 자는 자기 욕망을 조종하지만 올바르지 않은 자는 욕망에 조종당한다.

*완벽하게 거짓을 꾸며낼 수는 있지만, 끝까지 그것을 관철시킬 수는 없다. 거짓말은 무게가 없기 때문에 달아보면 꼼짝없이 들통나게 되어있다.

- 이드리스 샤흐 -

그런데 그 후 국립지리원장과 국립지리원고시의 진위(眞僞)를 소송하는 과정에서 국립지리원장이 실제 받은 진짜 공공측량작업규정이 나와 버렸다. 아래는 그 표지와 첫 페이지를 스캔한 것이다.

항목을 나타내는 1, 2, 3, 4, 5 라는 글자를 보면 인쇄된 그대로이고, 내용을 보면 항목번호 4.에는 작업범위(4.5㎢)가 있는데 이 사건과는 다른 지역이다.

" 범죄와 무질서를 추방하자 "

경상북도팔공산도립공원관리사무소

팔공 30158 - 120   1991. 5. 25.

수신 국립지리원장

참조 측지과장

제목 공공측량 작업규정 승인신청 보완

　　1. 측지 30158 - 916 (1991. 4. 30)와 관련입니다.

　　2. 팔공산도립공원 경계측량에 대한 공공측량 작업규정을 붙임과 같이 보완신청하오니 승인하여 주시기 바랍니다.

붙임 팔공산도립공원 경계측량 작업규정 1부. 끝.

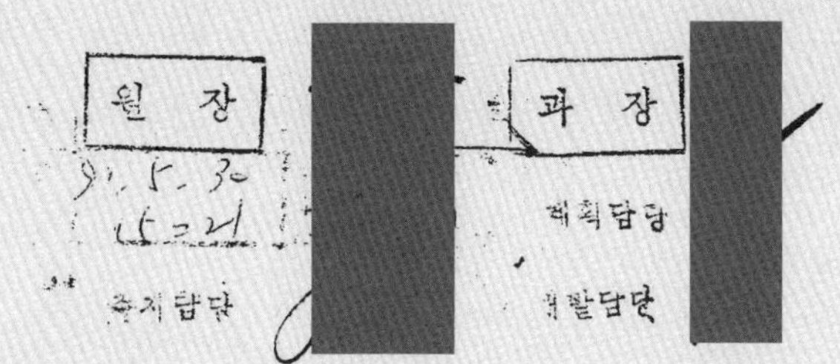

경상북도팔공산도립공원관리사무소

제 1 장 총   칙

1/25,000또는 1/50,000기본 지형도상에 표기된 도립공원 경계를 현지에 확정 설치함으로서 도립공원의 관리와 이용 편의에 기하고자 함.

1. 작업규정 명칭

경상북도 팔궁산 도립공원 경계측량 작업규정

2. 축 척 : 1 : 1,200

3. 작업의 목적 : 공원구역 경계 확정에 공여함.

4. 작업범위

: 경상북도 칠곡군, 군위군

칠곡군 : 가산면 금화, 천평, 가산, 응추, 용계리

군위군 : 효령면 매곡리

부계면 대율리

$L = 45.0 \, km \quad B = 100 \, m \quad A \, 4.5$

$L = 45.0 \, '' \quad B = 100 \, '' \quad A \, 4.5$

5. 측량계획 기관명 : 경상북도 팔궁산 도립공원 관리사무소

6. 측량의 기준

가. 사용되는 기준점 성과

기준 삼각점 및 수준점 또는 선행된 궁공 기준점에 의한다.

나. 좌 표

평면 직각좌표를 사용한다.

다. 단 위

C.G.S 단위를 사용한다.

2) 진짜위치도(작업구역도)를 가짜위치도(가짜 공원도면)로 바꿔치기

스캔: 피청구인의 2010년 보충서면(9)

위치도는 국립지리원으로부터 "공공측량작업규정" 승인 보완(을 제2호중의2)토록 작업규정을 반송하여 "공공측량작업규정 승인신청 보완"시 "공공측량실시계획서" **첨부물** 로 첨부한 것으로 청구인은 국립지리원 공문서 내용 중 **반송(返送)**이라는 용어를 상기하시기 바람

피청구인은 국립지리원고시 제84호의 성과도를 '지형현황도'에서 '트레싱원도'로 먼저 바꿔치기하였고, 그리고 전항에서 '공공측량작업규정'도 바꿔치기하여 측량지역을 삭제해 버렸으니, 그다음으로는 거기에 부합하도록 위치도(位置圖)도 바꿔치기하여야만 되었다.

그리하여 피청구인의 위 답변서를 보면 가짜위치도(가짜공원지정도면)를 제출하며 '공공측량실시계획서'의 첨부물로 첨부하여 바꾸었다고 말하고 있다.

*당신의 가슴속에 있는 양심의 불꽃을 끄지 아니하도록 힘껏 노력하라.

- 조지 워싱턴 -

공공측량실시계획서

측량의목적	팔공산 도립공원 경계 측량		
측량지역	경상북도 ·칠곡군:가산면·금화·천평·응추·용계리 군위군:효령면·매곡리·부계면·대율리		
측량기간	91. 3. 25- 91. 6. 5	용역기간	91. 3. 19- 91. 7. 24
측량정도및방법	공공측량 (팔공산 도립공원) 작업규정 참조		
사용할측량성과의 종류및내용	국가 기본 삼각점 및 수준점		
측량계획기관	기관명 및 대 표 자	경상북도 팔공산 도립공원 관리사무소장	
	소 재 지	경상북도 칠곡군 동명면 득명리 113-1	
측량작업기관	명 칭 및 대표자성명		주민등 록번호
	소 재 지	경상북도	
작업규정	승인번호:제 호 승인년월일 : 19 . . .	항공사진 사용승인	승인번호:제 호 승인년월일 : 19 . . .

첨 부: 측량지역은 가능한한 1 : 50,000 지도에 작업지역을 명시하여 첨부할 것.

그러나 위에서 공공측량실시계획서를 들여다보면

㉠공공측량실시계획서 본문에 표시된 지역과 가짜위치도에 표시된 지역은 서로 상이하였다. 본문과 첨부물의 관계가 아님을 증명한다.

㉡공공측량실시계획서는 수신·발신인이 있는 공문이 아니었다. 그러므로 '붙임 : 위치도 1부'라는 말이 없었다.

㉢국립지리원장은 '위치도'가 아니라 '작업구역도'를 받았다고 하였다. 또한 "공공측량작업규정", "공공측량실시계획서", "공공측량성과심사서", "국립지리원고시 제84호" 등 모두 "작업구역도"와 지역이 같다.

㉣공공측량실시계획서에는 측량기준점이 "국가기본삼각점 및 수준점"이다. 이는 경계측량이 아니라 모두 지형측량의 기준점이다.

3) 공원지정도면인 위치도? 강자 앞에서 국어가 통곡한다

스캔: 피청구인의 2009년 보충서면(1)

㉢ 고시된 공원지정도면을 보고 경계측량을 하였다면서, 피 신청인이 공원지정도면을 국립지리원에 제출한 근거를 내어놓지 않는다는 주장에 대하여는

⇒ 피청구인은 팔공산도립공원 경계측량을 하기 위하여 공공측량작업규정 승인신청 시 국립지리원장에게 공원지정도면인(1:50,000) 위치도(을제2의1호증)를 제출하였으며,

피청구인은 위 답변에서 "공원지정도면인 위치도를 제출하였으

며”라고 하였다. 공원지정도면인 위치도? 그러나 경계선을 표시하는 ‘공원지정도면’(線,㎞)과 등고선(等高線)을 그릴 면적을 표시하는 ‘위치도’(面積,㎢)는 서로 글자가 다르듯이 나타내는 성격이 다르다. 제목만을 두고 억지로 다른 말로 지록위마(指鹿爲馬)하여도 그 내용까지 같아지지는 않는다.

*앵무새는 말을 할 수 있으나 새라는 것은 변하지 않는다.
원숭이도 말을 할 수 있지만 짐승이라는 것에는 변함이 없다.

- 禮記 -

4) 위치도(面積표시)와 팔공산도립공원구역도(線표시)는 다른 성질

스캔: 피청구인의 2009년 보충서면(8)과 2010년 보충서면(9)

청구인은 공공측량에서 0.03㎢보다 작으면 공공측량을 할 수 없다고 주장하고 있으나 공공측량에서 0.03㎢보다 작을 경우 공공측량에서 제외되는 것이며, 팔공산도립공원경계측량구역의 면적은 4.5㎢로서 청구인이 주장하는 0.03㎢와도 관련이 없음

청구인은 증빙(갑 제30호증)으로 제출한 팔공산도립공원 경계측량 작업규정 제4호 작업범위의 L(길이 length)=45.0km, B(폭 breadth)=100m 즉 길이 45,000m × 폭 100m = 4,500,000㎡임을 이해하여야 할 것이며

건설교통부고시 제2004-362호에는 지형현황도(等高線地圖)를 만들 때 면적이 “0.03㎢ 이하로 적을 때는 공공측량에서 제외된다”라고 하였다.

그러므로 피청구인도 위에서 0.03㎢보다 넓은 4.5㎢의 면적이 표시된 작업구역도를 제시하였다고 말하고 있다.

이 말은 곧 線(면적 0.00㎢)만 표시되어 있는 ‘1/50,000팔공산도

립공원구역도'이나 이를 흉내 내어 만든 가짜 팔공산도립공원구역도(**공원지정도면**)는 제출하지 않았다는 말이 된다. 따라서 전항에서 공원지정도면을 제출하였다는 말은 거짓이 된다.

5) "국립지리원장이 모른다고 하니 날인 받아주세요"가 억지?

스캔: 피청구인의 2009년 보충서면(7)

또한 청구인은 피 청구인이 국립지리원장에게 제출한 지적도, 1/50,000의 팔공산도립공원구역도, 등 증빙자료를 제시해 달라고 억지를 쓰고 있으나,

만약 국립지리원장이 지적선과 공원경계선을 측량하고 고시하였다면, 국립지리원장에게 지적도와 공원도면을 제시한 근거가 있어야 한다.

그리하여 청구인이 그 제시한 근거를 달라고 하였더니 피청구인은 위와 같이 억지라고 하였다. 원인은 필요없고 마술의 결과만 중요하단다.

6) 도면이 불명확할 때는 땅 높이를 측량하면 경계선이 나온다?

스캔: 피청구인의 2009년 보충서면(6)

바. 1:50,000 도면으로 공원경계부분을 명확히 구분할 수가 없어 보다 정확한 경계를 알 수 있도록 측량법 및 공공측량 작업규정에 의거 적법한 방법에 의해 경계측량을 하였음을 답변한 바 있음

위 답변은 "공원도면이 불명확 할 때 정확한 공원경계선을 알기 위해서는, 측량법으로 땅 높이를 측량하면 나온다"라는 것이다.

그러나 여기서 공원도면은 아무도 알 수 없는 불명확한 도면이

라는 말은 알겠는데, 공원경계선이 왜 하늘 높이나 강바닥이 아니고 하필 땅 높이에서 공원경계선이 나오느냐? 그런 논리라면 시장 부근에서 땅 높이 측량하면 상업지역경계측량도가 나오고, 주택지 부근에서 땅 높이 측량하면 주거지역 경계선이 나오느냐? 그러면 그 땅 높이 기준은 도대체 무엇인가?

7) 측량법은 땅 높이도 공원도면도 모두 측량한다는 피청구인 답변

스캔: 피청구인의 2009년 보충서면(1)

ⓛ 측량대상이 땅모양이고 실제적으로 측지기사는 지형측량 하였는데 엉뚱하게 공원경계측량선이 표기된 도면이 튀어 나왔는지에 대하여는

⇒ ▮▮▮▮▮▮▮▮ 일반적으로 측량이라고 하는 것은 어떤 한 방법에 국한되어 시행하는 것이 아니라 모든 방법을 이용하여 행하여지는 것으로 청구인의 주장과 같이 측량대상이 땅모양이라고 하여 땅모양만 측량하였다고 하는 것은 청구인의 추측에 불과하며,

위 피청구인의 답변을 보면 "측량대상이 땅 모양이라고 하여 땅 모양만 측량하였다고 하는 것은 청구인의 추측에 불과하며…"라고 말하였다.

이는 측량법으로 땅 높이도 측량하고 도면의 내용도 측량한다는 말이다.

마치 "진돗개가 출산한다고 하여 강아지만 낳는다는 것은 청구인의 추측에 불과하며…"라는 말과 같다. 진돗개가 강아지도 낳고 송아지도 낳는다는 식의 답변이다.

8) 측량기준점이 수준점(높이)이란 말은 경계선측량이 아니라는 뜻

스캔: 피청구인의 2009년 보충서면(7)

> 측량기준점은 없다고 주장하고 있으나 피청구인이 공공측량작업승인 신청시 국립지리원장에게 제출한 공공측량작업실시계획서 (을 제2호중의3)에 국가기본삼각점과 수준점을 사용한다고 분명하게 기재 하였음에도 1/50,000도면에 측량기준점이 없다고 주장하는 것은 맞지 않음

피청구인은 위에서 공공측량실시계획서에 나와 있는 지형측량 의 기준점인 "국가기본삼각점과 수준점(水準點)"을 마치 경계선측량 의 기준점인 "지적삼각점과 지적좌표(地籍座標)"인 듯이 부정하게 행 사하고 있다.

공원경계측량이라면 水準點(높이측량)을 측량하는 것이 아니라 수 평투영선(水平投影線)을 측량한다.

9) 직선은 등고선(땅 높이)도 아니고 공원경계선도 아니고 작도

스캔: 피청구인의 2009년 보충서면(1)

> ③ 공원지정도면에서 보이는 "반달모양"(을제10호중)과 변경된 공원구역도 에서 보이는 "수직선"(을제9호중)은 서로 전혀 다른 모양이라는 주장에 대하여는
>
> ⇒ 청구인은 스스로 1980. 5.13고시한 1/50,000 지형도를 여러 지도에서 팔공산 주변지역을 오려내고 스카치테이프로 붙여서 만들어 부정확 하다고 하고 있으면서, 청구인이 주장하는 반달모양인 곳만 마치 정확한 것처럼 하는 것이야 말로 자가당착(自家撞着)입니다.

위 피청구인 답변에 나오는 '수직선(垂直線)'이란 땅 모양 측량에서

도 아니고 불명확도면의 측량에서 나온 것도 아니다. 인위적인 작도(作圖)에 해당한다. 당시 과업의 본질은 공원경계측량도의 제작이 아니라 지형 낙서의 제작이었기 때문이다. 그런데 지금와서 피청구인이 이 지형 낙서를 공원경계측량도인 것처럼 행사하려니, 위와 같이 답변서에 공원지정도면은 원래 불명확도면이니 그 짝퉁(공원경계측량도)을 만들면 부정확한 것은 당연하지 않느냐? 라고 억지를 말하게 된 것이다.

*작도[作圖]: 자와 컴퍼스만을 써서 주어진 조건에 알맞은 선이나 도형을 그림

10) 공원경계측량도 고시가 법적으로 존재하는가? (권한 밖)

스캔: 피청구인 2009년 보충서면(7)

바. "팔공산도립공원 경계측량도"는 적법한 방법으로 측량하고 국립지리원에서 고시된 도면임

국립지리원고시 제84호(1991년)로 고시한 것은 지형현황도이다. 그런데 여기서는 지형현황도 대신에 지형 낙서(트레싱원도)로 바꾸어 놓고, 그 지형 낙서(트레싱원도)를 마치 팔공산도립공원의 공원경계측량도인 것처럼 부정행사하여 답변하고 있다. 따라서 우리나라에 마치 공원경계측량도 고시가 존재하는 것처럼 만들어 내놓았다. 그리하여 청구인은 그것은 법률적으로 권한 밖이라고 오랜 세월 말하여 왔지만 강자들은 아무도 전혀 상관하지 않았다. 그냥 강 건너 불 보듯만 하였다.

스캔: 피청구인의 2009년 보충서면(4)

3. 피청구인이 새로이 증빙으로 제시한 국립지리원고시 제1991-84호도 거짓 에 대하여는
⇒ 위항에서 답변한 바와 같이 피청구인은 국립지리원고시 제1991-84호를 새로이 증빙이라고 제시한 것이 아니라 국립지리원고시 제1992-121호와 연관되는 도면이므로 행정소송 과정에서 청구인이 국립지리원고시 제1992-121호에 쟁점이된 청구인의 토지가 없다고 하여

피청구인은 처음에는 이 사건 토지가 표시된 트레싱원도(팔공산도립공원경계측량도?)를 두고 국립지리원고시 제1992-121호로 고시한 도면이라고 주장하여 그렇게 판결을 받았다. 그러다가 10년쯤 지나서는 잘못이라고 말하면서 새로이 국립지리원고시 제84호(1991년)로 고시한 것이라고 주장하였다. 세상에… 도면(낙서)은 똑 같은데 고시번호만 바꾼 것이다. 아무튼 국립지리원에서 고시한 그 '지형현황도'는 모두 1997년경에 이미 공식적으로 폐기되고 없었다. 또한 위 두 고시(告示)의 성격을 들여다보아도 모두 이 사건 다툼과는 다른 지역이고 다른 표시 내용이다. 그런데도 불구하고 피청구인은 거꾸로 원도면(지형현황도)이 없음을 이용하여, 엉뚱한 낙서(트레싱원도)를 끌어다가는 국립지리원고시라고 사칭하고 있으니 기가 찰 노릇이다.

*양심 없는 지식은 인간의 영혼을 망치는 것이다.

- E.R.L.라브레 -

12) 지형현황도=공원경계측량도 같은 말? (국어가 울면서 간다)

팔공산도립공원경계측량도 고시문의 지형현황도는 경계측량도를
의미하는 것으로 이는 측량법의 소정의 절차를 통해 적법하게
제작되어진 공공측량성과도 이며

자. 국립지리원고시 제84호 고시문의 지형현황도와 팔공산도립공원경계측량도는
모두 같은 도면으로 공공측량성과 심사용으로 국립지리원에 제출한 공공
측량성과 도면을 명칭하는 것이며, 팔공산도립공원 관리사무소에서 국립

차 국립지리원고시 제84호(1991. 07. 30)에 근거한 92도엽의 팔공산도립공원경계
측량도(고시문의 지형현황도)
분명하게 표시되어 있음(을 제18호증).

위에서 '지형현황도는 경계측량도를 의미하는 것으로'(강아지는 송아
지를 의미하는 것으로)는 말장난 만에 의한 변조이다. 땅 높이를 표시하는
'지형현황도'와 공원넓이를 표시하는 '공원경계측량도'는, 표시하
는 성격이 서로 반대인데 더구나 수많은 '지형현황도' 중에서 왜 하
필 이것만 같은 의미로 보는 것인가? 앞에서 "위치도(면적 표시)=공원
지정도면(경계선 표시)"라는 것과 같은 꼴의 지록위마(指鹿爲馬) 현상이다.

위와 같은 현상은 피청구인이 1991년 물품검수조서에 나타난 '현
황측량원도'(지형현황도)와 '트레싱원도'(팔공산도립공원경계측량도?)에서, 원인
증빙은 그냥 놓아두고 성과물만 바꿔치기하고 보니 지금은, '지형
현황도(땅 높이)↔공원경계측량도(공원넓이)'는 같은 뜻이라고 해야만 하
는 기막힌 상황이 오게 된 것이다.

13) 사업명칭이나 이름은 뜻이 아니므로 증빙이 될 수가 없다

① 작업명칭=뜻?

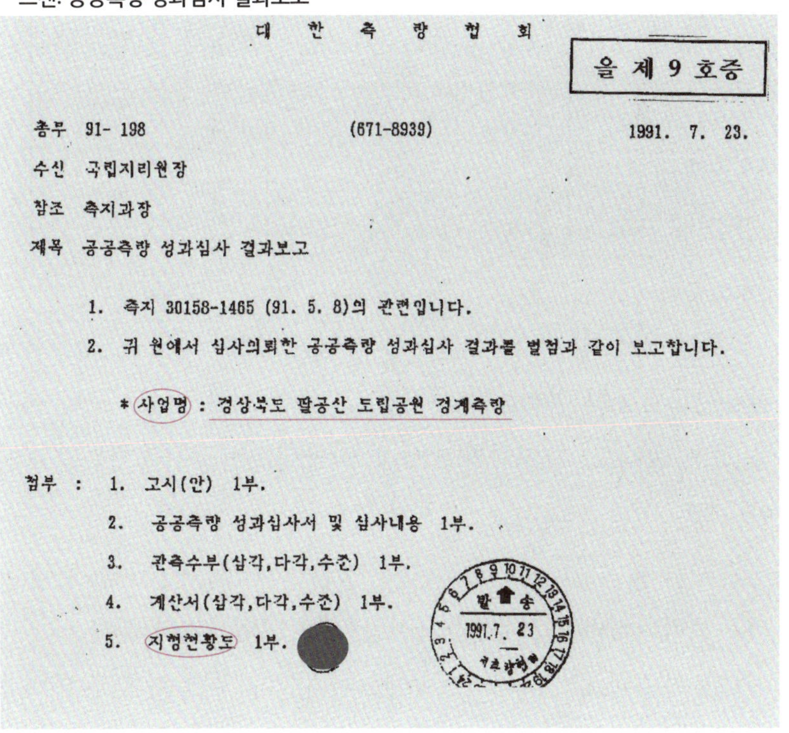

청구인이 '지형현황도=공원경계측량도'라는 인과관계(因果關係)가 무엇이냐? 고 질문하니 피청구인의 답변은 위에 딱 한 줄로만 나와 있다.

그 이유는 고시문에도 없고 증빙자료에도 없고 오직 작업규정명칭만 보라는 것이다. 작업규정명칭이 '팔공산도립공원경계측량'이므로 그 성과도면도 마음으로 보면 공원경계측량도일 것으로 추정한다는 뜻이다.

스캔: 대한측량협회의 공공측량성과심사서 일부 (1991. 7. 23.)

5.평판측량

가.지형현황도			
나.축　　　적	1 / 1,200	좌　　동	0
다.좌　　　표	평면직각좌표	좌　　동	0
라.평면위치오자	0.5mm 이내	좌　　동	0
마.등고선 간격			
주　곡　선	1 m	좌　　동	0
계　곡　선	5 m	좌　　동	0

그런데 위에서 공공측량성과심사서를 보면 사업명은 "경상북도 팔공산도립공원 경계측량"이지만, 그 밑에 첨부된 성과도나 내용을 보면 아직도 '지형현황도'이지 '팔공산도립공원경계측량도'가 아니다.

② 우리나라에는 보통 명칭(이름)에는 띄어쓰기가 없다

"나물좀주세요", "아버지가방에들어가신다" 이들은 모두 띄어쓰기가 안 되어 있으니 정확한 뜻을 모른다. 그런데 뜻으로 사용하지 않는 이름에는 띄어쓰기가 안 된 것이 많이 있다. 이 사건에 나오는 '팔공산도립공원경계측량도'란 말도 띄어쓰기가 없는 것은 낙서의 이름이기 때문이다. 만약 측량법 땅 높이 측량으로 위와 같은 도면

명칭이 나왔다면 모두가 그것은 '팔공산도립공원 경계 부근에서 만든 지형현황도'라고 인식한다. 아무도 '공원경계측량도'라고 받아들이지 않는 것은 측량법 권한 밖이기 때문이다.

스캔: 1997. 9. 25. 국립지리원 질의회신

3. 질의3에 대하여

측량법제34조제2조의 규정에 의하여 고시하고 있는 측량의 종류는 일반적으로 공공측량 발주기관의 사업통칭으로 측량법과는 아무런 관련이 없음. 끝.

위에서 청구인이 이 사업명칭에 대해 국립지리원에 질의한 결과를 보면 사업명칭은 측량법과는 아무런 관계가 없다고 하고 있다.

14) '지형현황도 고시'가 폐기되면 '공원경계측량도 고시'로 부활?

스캔: 피청구인의 2009년 보충서면(1)

ⓗ 국립지리원고시 제1992-121호는 십여년전에 이미 시효소멸로 폐기 되었는데 피청구인은 국립지리원고시 제1992-121호가 아직도 존재하는 듯이 위장하고 허수아비를 내세워 행세하고 있다고 주장하는 것에 대하여는

⇒ 문서의 보존은 문서의 중요성과 사용목적 등에 따라 기관별로 기간을 달리하여 보관 할 수 있는 것이며, 국립지리원고시 제1992-121호가 국립지리원에서 십여년전에 시효소멸로 폐기 되었다고 하여 피청구인의 도면이 반드시 폐기되어야 하는 것은 아니며.

국립지리원고시는 '공공기관의기록물 관리에 관한 법률 시행령 제15조'에 의거 보존기간이 5년이다. 따라서 이 사건 인근지역에서 일어난 국립지리원고시는 1997년경에 이미 폐기되었다. 그러므로 국립지리원의 고시라는 말은 더 이상 존재할 수가 없는 것이다. 그렇지만 피청구인은 폐기된 국립지리원고시를 이 사건에 새로이 등장시키면서, 지형현황도 고시에서 공원경계측량도 고시로 성격을 바꾸고 또한 고시 효력은 영생불멸(永生不滅)이라는 뜻으로 말하고 있다.

어떻게 '등고선'이라는 글자가 '공원경계선'으로 바뀔 수 있는가?

어떻게 시효소멸로 폐기된 법이나 고시를 부활시킬 수 있는가?

*너의 정직은 종교나 정책에 기초해서는 안 된다. 너의 종교와 정책이 정직에 기초해야 한다.

- J.러스킨 "시간과 세월" -

15) 국립지리원고시 제84호에 **里 표기가 누락이 아니라 다른 사건

스캔: 피청구인의 2009년 보충서면(6)

차 국립지리원고시 제84호(1991. 07. 30)에 근거한 92도엽의 팔공산도립공원경계측량도(고시문의 지형현황도)에는 청구인이 주장하는 지역이 분명하게 표시되어 있으며, 총 4구간에 걸친 팔공산도립공원경계측량고시 중 이 사건 토지가 포함되어 있는 2차 고시에서는 측량지역을 리까지 상세히 표시하다보니 ▢▢리라는 지명표기가 누락된 것 같으나 그에 속한 도면으로 이 사건 토지의 공원경계를 명확히 확인할 수 있으며,

피청구인은 앞에서 서로 다른 성격인 '지형현황도'와 '지형 낙서(트레싱원도)'를 두고 우선 지역만이라도 같도록 맞추기 위해, 공공측량작업규정과 위치도를 변조하여 제출한 바 있다. 그러나 국립지리

원고시 제84호(1991년) 고시문은 관보에 게재되어 너무 널리 퍼져 있어 변조할 수가 없었다. 그러자 피청구인은 위에서 이 사건 일대가 국립지리원 고시문에서 "누락" 되었다고 말하며, 국립지리원 고시문에게 잘못을 하였다고 덮어씌우는 양상이다.

그렇지만 국립지리원고시와 관련된 실제 증빙인 '공공측량작업규정', '작업구역도', '공공측량실시계획서', '측량성과심사서', '고시문' 5개소 어느 곳에도 **리 지역은 포함되어 있지 않다. 고시문만이 아니라 5개소 전부를 누락이라고 말할 수 있는가?

16) '트레싱원도'는 非처분(가짜) 판결인데도 처분(진짜)인 것처럼 행사

스캔: 피청구인의 2009년 보충서면(7)

라. "팔공산도립공원 경계측량도"는 적법한 방법으로 측량하고 국립지리원에서 정확도를 인정한 도면으로, 청구인에 의해 계속된 재판에서 재판부가 말한 "팔공산도립공원경계측량도는 청구인의 권리의무에 영향을 초래하는 처분이 없다(却下)"라고 하는 것은 청구인의 토지는 팔공산도립공원 지정당시부터 도립공원구역내에 있었으며 팔공산도립공원사무소에서 행한 팔공산도립공원 경계측량으로 청구인의 토지가 공원구역에 새로이 편입된 것이 아니기 때문에 청구인의 권리의무에 영향을 미치지 않아 처분이 없다. 라고 판결한 것임에도 청구인은 계속하여 처분이 없는 도면으로 잘못 이해하고 있음

① 직전 판결문(대구지방법원 2008구합3***)에서는 '트레싱원도'에 대해서 "처분이 없다"(非처분)는 판결이었다. 그런데 피청구인의 위 답변에서는 '트레싱원도'를 두고 임의로 '팔공산도립공원경측량도'라고 적어 놓고는 "처분이 없는 도면으로 이해하는 것은 잘못" 이란다.

그리하여 강자는 기존 판결문도 거꾸로 돌려 버린다. 이 사건에서 시종일관 '1980. 5. 13. 팔공산도립공원구역도'가 처분도면이라고

하였는데, 여기서 또 '트레싱원도'가 처분도면이라고 하면 기준이 2개(**한 나라에 왕이 둘**)가 되어버린다.

② 위 답변에는 "청구인의 토지가 팔공산도립공원 지정 당시부터 도립공원구역 내에 있었으며"라는 말이 있다.

그러나 피청구인은 답변서 서두에서 1980. 5. 13. 팔공산도립공원구역도로는 공원경계선을 정확하게 알 수 없어, 새로이 '트레싱원도'를 도입한다고 하지 않았느냐? 그런데 여기서는 그 사실을 잊고서 1980. 5. 13. 팔공산도립공원구역도를 보면 공원경계선을 알 수 있는 듯이 적을 수 있느냐?

17) 허위도화가 아니면 낙서 혹은 쓰레기인데도

스캔: 피청구인의 2009년 보충서면(2)

> **1. 허위도화를 기초로 공원계획을 하는 것은 자연공원법 제15조 위반**
> ⇒ 공원계획의 변경은 이미 답변한 바와 같이 자연공원법 및 환경부 지침 등에 의거 행정절차를 거쳐 행한 처분이며, 청구인은 팔공산도립공원경계측량도를 끊임없이 허위도화라고 주장하고 있으나 현재까지 허위도화라는 어떠한 결정도 없었습니다.

허위도화란 작성명의인이 있고 단지 내용이 허위일 때 허위도화라고 말한다. 그런데 이 사건 '트레싱원도'는 허위도화가 아니다. 문서의 진정성(眞情性)을 책임질 작성명의인의 표시가 없으니 본질은 낙서에 해당한다. 그런데도 불구하고 피청구인은 위에서 낙서·쓰레기와 같은 것은 어디에 가도 허위도화증명서를 받을 수가 없으니, 진짜도화라고 볼 수 있다는 식으로 말장난을 하고 있다.

3. 행정심판위원회 판단은 '기각'(공원구역변경 고시로 판단)

주　　문

청구인의 청구를 기각한다.

재결서에서는 '기각'이니 청구인의 패소이다. 모두가 실정법보다는 강자에 의한 강자를 위한 관심법(마음)으로 재단하다 보니, 청구인이 미리 패소하게 되어 있었겠지만 그러나 아래에서는 무엇을 변조하여 그렇게 행하는지 그 내용이나 한번 보도록 하자.

1) 공원도면을 낙서로 바꾸었으니 "공원구역 변경"으로 인정

스캔: 2010년 재결서 이유. 6(판단) 項

나. 판단

1) 청구인은 이 사건 고시의 본문과 공원계획변경(안)심의결과에 공원구역변경이라는 용어가 없어 피청구인은 공원구역을 변경할 수 없음에도 불구하고 이 사건 고시에 첨부된 도면인 이 사건 도면으로 공원구역을 변경하였다고 주장하나, 팔공산도립공원 공원계획변경(안)심의결과에 의하면 '면적증감(당초 91.487㎢⇒변경 90.255㎢)'으로, 심의결과에 '공원구역 해제(4건 231.375㎡)'로 기재되어 있고, 이 사건 고시의 본문에 '공원전체의 면적 : 128.364㎢에서 125.668㎢로(경상북도 91.487㎢에서 90.303㎢토) 변경(감2.696㎢)'으로 기재되어 있는 점에 비추어 볼 때, 이 사건 고시는 공원구역을 변경하는 내용을 포함하고 있다 할 것이므로 청구인의 주장을 받아들일 수 없다.

피청구인은 답변서에서 '트레싱원도'를 두고 합법적으로 처분(고시)된 도면인 듯이 주장하였지만, 그러나 판단에서는 처분(고시)이 없는 도면으로 보았다. 따라서 위 재결서에 나오는 "이 사건 고시는 공원구역을 변경하는 내용을 포함하고"를 보면, 이 사건은 '트레싱원도'를 공원처분도면으로 승격시키기 위해 행하는 공원구역변경

고시의 일환으로 보았다.

2) 법조문을 먼저 변조하여 두고는 패소(기각)라고 재결

위와 같이 공원구역변경을 인정하였으니 이제는 이 사건 고시가 합법적인 공원구역변경 고시이냐?의 문제만 남는다. 아래에서 그 합법성을 한번보자. 2008. 12. 4. 공원계획변경고시를 보면 자연공원법 제15조에 의한 공원계획변경결정 고시이다. 그리고 동법 제15조제2항(동법 제8조제1항)과 관련하여 할 수 있는 것은 "공원구역 폐지와 축소"의 경우뿐이다.

스캔: 2010년 재결서 6. 이 사건 처분의 위법 부당여부

6. 이 사건 처분의 위법 · 부당여부
가. 관련법령
2) 한편, 같은 법 제8조제1항에 의하면, 자연공원은 군사상 또는 공익상 불가피한 경우로서 대통령령이 정하는 경우와 천재 · 지변 그 밖의 사유로 자연공원으로 사용할 수 없게 된 경우, 제15조제2항의 규정에 의하여 공원구역 및 공원보호구역에 대한 타당성 여부를 검토한 결과 제7조의 규정에 의한 자연공원의 지정기준에서 현저히 벗어나서 자연공원으로 존치시킬 필요가 없다고 인정되는 경우를 제외하고는 이를 폐지하거나 그 구역을 축소 · 변경할 수 없다고 되어 있다.

그런데 재결서에서는 동법에 의해서도 공원의 확대변경을 할 수 있는 듯이 위장하기 위해서, 위를 보면 먼저 관련법령을 변조하여 두었다. 자연공원법 제8조제1항의 "축소변경"을⇒"축소 · 변경"으로 바꾸어 놓았다.

스캔: 2010년 재결서 나. 판단 1)항에서

을 폐지하거나 그 구역을 축소·변경하고자 하는 경우에 그 요건을 규정한 것이고, 같은 법 제15조제2항에 '공원관리청은 10년마다 지역주민, 전문가 기타 이해관계자의 의견을 수렴하여 공원계획의 타당성 여부(공원구역 및 보호구역의 타당성 여부를 포함한다)를 검토하고 그 결과를 공원계획의 변경에 반영하여야 한다'고 되어 있어 공원계획으로 공원구역을 변경할 수 있다고 할 것이므로, 공원구역을 「자연공원법」 제8조에 따라 변경해야 한다는 청구인의 주장을 받아들일 수 없다.

5) 따라서, 피청구인이 공원내 주민 등의 의견을 수렴하여 공원계획의 타당성 여부를 검토하고 그 결과를 공원계획의 변경에 반영하여 이 사건 고시로 한 이 사건 처분이 위법·부당하다고 할 수 없다.

그리고 그다음의 판단 부분을 보면 또 "축소·변경"이라고 중간에 점을 찍어 두었다. 그리하여 원래 자연공원법 제8조제1항은 "자연공원으로 존치시킬 필요가 없는 경우에 축소할 수 있다"인데, 이를 "자연공원으로 존치시킬 필요가 없는 경우에 변경(확대포함)할 수 있다"고 바꾸었으니, 조건과 결과가 서로 모순된다. 아무튼 자연공원법 법조문을 변조하고서 청구인에게 패소(기각)라고 재결 하였다.

★자연공원법[시행 2008. 9. 22] 제8조(자연공원의 폐지 또는 구역변경), 제15조(공원계획의 변경 등), 제16조(공원계획의 고시)

3) 잠깐 여기서 타당성 검토의 실상을 한 번 보고 가자

우리나라에는 발전소, 군사기지건설, 댐 공사 등 여러 가지 사건을 일으킬 때마다 주민설명회 혹은 타당성 검토라는 것을 할 것이다.

여기 팔공산도립공원에서도 피청구인은 당시 공원계획을 변경하기 몇 달 전에 공원계획 타당성검토를 실시한 바 있다.

㉠주민들은 공원구역변경을 모르고 들러리만

나. 타당성조사의 공정성을 기하기 위하여 3차에 걸친 현장조사 및 관계
시군 간담회를 거쳤으며, '08. 4. 28 주민설명회를 개최(을 제 3호증)
공원구역에 대한 지역주민, 기타 이해관계인의 의견을 수렴하였습니다.
다. 타당성조사를 시행하면서 수렴된 의견 및 공원시설계획, 개발계획 등을
반영한 공원계획변경(안)을 확정 '08. 6. 27 도립공원최고의결기구인

위에서 피청구인의 답변취지를 보면 공원계획의 변경이지 공원
구역의 변경이 아니다. 그러므로 이때 참여한 주민들은 모두 공원
계획으로 알았지 어느 누구도 공원구역을 확대한다는 것은 상상도
하지 못하였다.

차. 피청구인은 2008. 12. 4. 이 사건 고시로 공원의 면적을 변경하고, 청구인 소유
의 별지 토지 중 이 사건 임야를 토지조서에 공원구역으로 편입하는 이 사건 처분 등
을 포함하는 팔공산도립공원계획 변경결정 및 지형도면을 고시하였는데, 그 구체적 내
용은 다음과 같다.

그런데 실상은 위 재결서를 보면 2008. 12. 4. 이 사건 고시로 청구
인의 토지를 토지조서에 편입하는 변경고시를 행하였다고 하고 있
지 않는가? 그리고 다른 모든 필지에서도 주민 모르게 감쪽같이 공
원구역이 변경되어 있지 않은가?

㉡팔공산도립공원위원회를 속이고

『팔공산도립공원』

공원구역 및 계획변경(안) 심의결과

☐ 심의 방향

※ 공원 총량제 원칙에 의하여 해제되는 면적만큼 편입면적 있
어야 하나 공원 경계지점 보존 가치가 있는 국·공유림이
미존재하여 신규 편입지역은 없음.

당시 팔공산도립공원위원회의 심의결과를 보면 '신규 편입지역
은 없음'이다. 그러나 실제로는 모든 공원구역이 변경이 되어 있으
니 팔공산도립공원위원회도 속인 것 아닌가?

4) 강자를 위한 일이라면 법조문까지 변조하고서 재결해 주었다

피청구인은 답변서에서 청구인에게 대항하여 '공원계획변경고
시로도 공원구역변경을 할 수가 있다'고 하는 답변은 한 번도 하지
않았다.

그런데도 행정심판위원회는 스스로 알아서 피청구인을 위해 관
련 법조문을 변조하고서, 공원계획고시로도 공원구역변경고시를
할 수 있다고 판단하여 청구인에게 '기각'을 재결한 것이다. 그러므
로 독자는 강자를 상대로 소송하면 이러한 거꾸로 된 현상도 일어
날 수 있음을 염두에 두고 있어야 할 것이다.

제9장

'다툼 없는 인정사실'이란 함정

'다툼 없는 인정사실'이란 함정

　지난번 행정심판에서는 '트레싱원도'는 고시된 도면이 아니지만 피청구인이 그 짝퉁도면을 2008. 12. 4. 고시에 등재하여 고시를 행한 것으로 보았다. 그러나 이는 공원계획 관련 법조문을 변조하고서 재결한 것이므로 청구인은 다시 행정소송을 하게 되었다. 그런데 이곳 행정소송에서는 또 다시 법조문을 변조할 판관이 없었던 것으로 생각된다.

　그러자 고육지책으로 또 '트레싱원도'를 다시 처분도면인 것처럼 비약시키고 있다. 아래에서 그 상세 방법을 한 번 보자.

*지옥은 훌륭한 변명과 핑계와 소원으로 가득한 곳이다.

- 조지 허버트 -

*한 가지의 거짓말을 참말처럼 하기 위해서는 항상 일곱 가지의

거짓 말을 필요로 한다.

- 마틴 루터 -

1. 이 사건 2008. 12. 4. 고시에는 '처분이 없다'라고 하였으니

1) 피고의 답변서: 기각(공원변경)에서 각하(공원변경 없음)로 바꿈

스캔: 2010년 피고 제1심(대구지방법원 201*구합16) 답변서**

사　　건　　2010구합16███ 공원구역편입처분 취소

원　　고　　████████

피　　고　　경상북도지사

　　　　위 사건에 관하여 피고 소송수행자는 다음과 같이 답변합니다.

청구취지에 대한 답변

1. 원고의 청구를 （기각）한다.
2. 소송비용은 원고의 부담으로 한다.
　　라는 판결을 구합니다.

　　피고는 낙서(트레싱원도, 팔공산도립공원경계측량도?)를 기초로 짝퉁도면을 만들고는 2008. 12. 4. 공원계획고시에 편승시켜서 처분도면으로 승격시키려 하였다. 그리하여 원고가 행정심판에 이어 행정소송을 제기하였는데, 피고는 처음에는 위 스캔을 보면 행정심판의 결과와 같이 공원계획고시로도 공원구역변경 처분을 할 수 있다며 '기각'을 구하였다. 그러나 원고가 행정심판에서는 먼저 법조문을 변조하고서 판단하였음을 상기시키자, 피고의 다음 준비서면에서는 아래와 같이 말을 바꾸었다.

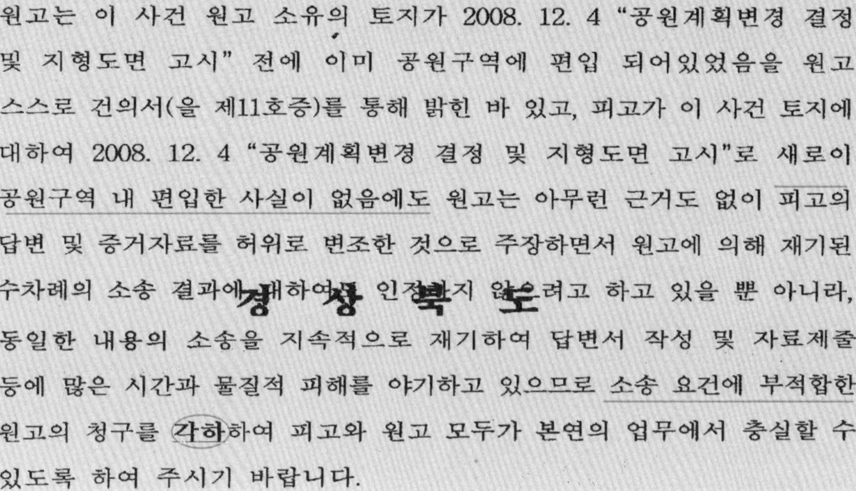

6. 결 론

원고는 이 사건 원고 소유의 토지가 2008. 12. 4 "공원계획변경 결정 및 지형도면 고시" 전에 이미 공원구역에 편입 되어있었음을 원고 스스로 건의서(을 제11호증)를 통해 밝힌 바 있고, 피고가 이 사건 토지에 대하여 2008. 12. 4 "공원계획변경 결정 및 지형도면 고시"로 새로이 공원구역 내 편입한 사실이 없음에도 원고는 아무런 근거도 없이 피고의 답변 및 증거자료를 허위로 변조한 것으로 주장하면서 원고에 의해 제기된 수차례의 소송 결과에 대하여 인정하지 않으려고 하고 있을 뿐 아니라, 동일한 내용의 소송을 지속적으로 재기하여 답변서 작성 및 자료제출 등에 많은 시간과 물질적 피해를 야기하고 있으므로 소송 요건에 부적합한 원고의 청구를 각하하여 피고와 원고 모두가 본연의 업무에서 충실할 수 있도록 하여 주시기 바랍니다.

여기서는 완전 반대로 뒤바뀌어 '트레싱원도'가 처분도면이라서 이를 단순 활용만 하였지, '2008. 12 .4. 고시로 새로이 공원구역변경을 고시한 것이 아니다(각하)'라고 하고 있다.

아무튼 2008. 12. 4. 고시만 보면 처분이 없다는 것이 되니, 결국 피고는 최초의 목적인 '트레싱원도'를 처분으로 승격시키려고 한 계획을 포기한 것이 된다. 그렇다면 원고에게는 이제 소송의 이유가 없어졌다. 즉 이 사건은 사실상 끝이 난 것이다.

그렇지만 종전에 받은 "'트레싱원도'는 非처분도면"(대구지방법원 2008 구합3***)이라는 확정된 판결문을 불복종하는 것은 문제로 남는다. 피고는 과연 어떤 방법으로 핑계를 만들어 불복종을 하는지 그 방법은 161페이지에서 다시 보자.

2) 소외(訴外)이지만, 공원경계측량도 고시가 존재하는지 여부?

소외(訴外): "소(訴)의 바깥에 있는", "이 소송과 무관한"이란 뜻.

아무튼 피고는 여기서 '트레싱원도'를 두고 또다시 종전 확정된 판결문을 무시하고 고시된 팔공산도립공원경계측량도라고 말하므로, 원고도 따라서 이 사건 '2008. 12. 4. 고시의 처분여부' 다툼과는 상관없지만, 또 다시 종전의 '트레싱원도'가 공원경계측량도인지 또한 고시된 도면인지 여부를 두고 또 공방을 시작하게 되었다.

우리는 아래에서 문서의 진정성을 책임질 작성명의인의 표시도 없는 '트레싱원도'를 두고 또 어떤 방법으로 처분된 도면이라고 하는지, 그 요상한 불법과 양심을 한 번 더 확실히 들여다보고 다음 상황으로 넘어가자.

2. 판결문에서 '다툼 없는 인정사실'이란 란의 함정

1) 초기는 국립지리원장에게 '공원경계측량도 고시'를 덮어씌웠지만

이 사건의 핵심은 공원경계선을 모르는 공원에서 공원경계측량도의 존재여부인데, 초기의 판결문은 피고의 말만 듣고 "국립지리원장이 공원경계측량도를 만들고 고시하였다"라고 국립지리원장에게 불법·불능의 사실을 덮어씌워서 판결하여 왔다. 그리하여 원고는 그 후 국토지리정보원장을 상대로 그 진위를 알기 위해 소송을 하였는데 결과는 아래와 같다.

(3) 따라서, 이 사건 소는 부적법하다.

━━━━━━━━━━━━━━━━━━━━━━ 위 고시는 위 측량성과의 정확도와 보관장소 등을 공고한 것에 불과하고, 원고의 구체적인 권리의무에 직접적인 변동을 초래하는 처분이라고 볼 수 없어 무효 등 확인소송의 대상이 될 수 없으므로, 이의 무효확인을 구하는 것도 부적법하다(그리고 피고는 지형현황도의 정확도를 고시한 것이고, 원고 주장과 같은 공원경계표주와 공원경계측량선의 정확도를 고시한 바도 없다).]

당시 판결문에서는 국립지리원장은 공원경계측량선의 정확도를 고시한 바 없다고 하고 있다. 그러므로 그다음 판결문부터는 더는 국립지리원장(현재 **국토지리정보원장**)에게 '공원경계측량도 고시'를 덮어씌워서 판결문을 쓸 수 없게 되었다. 그러자 공원경계측량도 제작과 고시에 대해 그 진정성의 책임을 덮어씌울 대상자로 새로이 찾은 것이 이곳 판결문(**대구지방법원201*구합16****)에서는 원고이었다.

*진실을 사랑하게 되면 천국에서는 물론이고
이 땅에서도 보답을 받게 된다.

- 니체 -

2) 이제는 원고에게 '공원경계측량도 고시' 인정이라며 덮어씌워서

[인정사실] 다툼 없는 사실, 갑 제1, 2, 3, 6, 7, 9, 10, 11, 13 내지 18, 20, 21, 24호증, 을 제1 내지 10, 16, 24호증(가지번호 있는 것은 가지번호 포함)의 각 기재, 변론 전체의 취지

공원도면이 유령인데 어째 짝퉁이나 그 관련 증빙이 존재할 수가

있겠는가?

그리하여 지난번 행정심판 때에서 보면 피고는 '공공측량작업규정 변조', '위치도 바꿔치기' 등 무수히 많은 변조를 행하며 억지로 짝퉁의 존재를 만들려고 하였지만, 그러나 행정심판에서는 그 모두를 인정하지 않았다.

그러나 이곳 행정소송에서는 낙서(트레싱원도)를 공원도면의 짝퉁이자 처분도면인 것처럼 위장하기 위해서는 위 모든 변조를 사실로 받아들여야만 하였다. 그렇지만 위와 같은 변조는 법과 국어와 증빙을 초월하여 뒤죽박죽으로 이루어져 있는데, 그러한 근거를 어디에 가서 구할 수 있다는 말인가? 그러자 이곳 판결문에서는 '다툼 없는 인정사실'이란 말로 원고에게 모두를 덮어씌워서 간단히 해결하였다. 이 사건 전체가 그러하지만 특히 이곳 판결문에서는 장난이 좀 심한 것 아닌가?

*개개인은 죽을지라도 진리는 영원하다.

- J. 제럴드 -

3) 원고가 제출한 서로 다른 2개의 증빙을 거꾸로 바꾸어 인용

스캔: 제1심(대구지방법원 201*구합16) 판결문 기초사실**

산성면 ~ 영천군 신령면 일원) 국립지리원으로부터 측량법에 의한 공공측량 작업규정 승인을 받아 공공측량(팔공산 도립공원 경계 현황측량)을 실시한 후, 그 측량성과인 1,200분의 1 비율의 팔공산도립공원경계측량도에 대하여 측량법에 의한 심사를 의뢰하여, 그 정확도를 인정받아 그 측량성과를 관보에 고시하고(제1차 측량 : 1991. 4. 3. 국립지리원 고시 제37호 ~ 제40호, 제2차 측량 : 1991.' 7. 30. 국립지리원 고시 제84호,

피고는 '트레싱원도'를 두고 공원경계측량도라고 하였지만 공원처분도면(원도면)이 불명확인데 그 짝퉁이 어떻게 존재할 수가 있느냐?

그러므로 피고는 그 관련 증빙을 일체 제출하지 않았다. 제출할 것이 없었다. 그런데 증빙이 없으면 판결문은 마음대로 소설을 쓸 것 아닌가?

그리하여 원고가 먼저 그러한 왜곡을 막기 위해 재판부에게 공원경계측량도인 것처럼 악용될 소지가 있는 다른 증빙들을 미리 제출하게 되었다. '트레싱원도'(팔공산도립공원경계측량도?)와 관련한 자료는 낙서임을 증빙하기 위해, 그리고 국립지리원장이 고시한 '지형현황도'(현황측량원도)와 관련한 자료는 증서이지만 이 사건(공원경계측량도?)과는 다른 지역이고 다른 성격(지형현황도)임을 증빙하기 위함이었다.

서로를 구분하도록 하기 위해 함께 제출하였다.

그럼에도 불구하고 위 판결문을 보면 '트레싱원도'와 관련한 증빙에서는 성과인 '트레싱원도'(낙서)만 채택하였다. 그러면서 그 제작 관련 증빙은 '지형현황도(증서)를 만들 때의 증빙'에서 채택하였다. 그리하여 지역도 다르고 사건 성격도 다른 것을 하나로 혼합시키고, 또한 '트레싱원도'(낙서)의 이름(팔공산도립공원경계측량도)을 뜻(팔공산도립공원 경계측량도)으로 해석하게 되니, 판결문은 위 스캔과 같이 "측량법으로 땅 높이를 측량하여 팔공산도립공원경계측량도를 만들고 국립지리원장이 고시하였다"고 불법·불능의 사실로 적게 되었다. 그리하여 공원도면이 불명확하지만 공원경계선이 명확한 공원경계측량도가 존재한다는 모순을 만들어 내면서, 세상 유일한 증거는 '다툼 없는 인정사실(원고의 자백)'이라는 것이다. 그동안 여러 가지 증빙의 변조가 있었지만 그 중에서 가장 나쁜 것이 원고가 제출한 증빙을 갖고 원고가 불법과 불능의 사실을 덮어쓰기 위해서 제출하였다고, 그리하여 원고가 패소와 범법자가 되기 위해서 소송을 한 것처럼 몰아가는 것일 것이다.

4) 서증인부표에 否認, 不知라고 하였는데 '다툼 없는 인정사실'이라

스캔: 2011년 피고의 제2심 준비서면에서

위의 피고 준비서면을 보면 피고가 땅 높이를 측량하여 만들었다는 '트레싱원도'(위에서는 '팔공산도립공원경계측량도'로 기재)에 대해, 원고가 얼마나 많이 허위문서·사문서·가짜문서·변조라는 단어를 적었는지 짐작할 수 있을 것이다. 그런데도 불구하고 판결문에서는 '땅 높이(지형현황도)=공원경계선(공원경계측량도)'이라고 판결하기 위해, 원고가 준비서면을 통해 수없이 되풀이하여 말한 허위문서·사문서·가짜문서·변조 등의 말을 "다툼 없는 인정사실"이란 말로 글자 바꿔치기(指鹿爲馬) 하여 적었다.

독자는 이제 판결문에서 증빙을 변조하기 어려울 때는, 차선책으로 찾는 것이 누구에게든 덮어씌울 대상자를 찾는 것이고, 그것도 다른 판결이 있어서 어려울 때는 그 다음 방법은 원고에게 불능사실을 막무가내로 덮어씌우는 것(인정사실, 자백)이라는 것을 알아차렸을 것으로 생각한다.

아래에서는 이 사건 판결문의 모순된 결과를 한번 들여다보자.

*거짓말쟁이가 받는 가장 큰 벌은 그 사람이 진실을 말했을 때에도
다른 사람들이 믿어 주지 않는 것이다.
- 탈무드 -

*진실은 백일하에 드러날 것이고 살인도 오래 숨기지는 못한다.
- 셰익스피어 -

3. 다른 성격을 혼합하여 불법·불능인 사실로 적은 판결문

1) (기초사실 나項) 불명확도면을 두고 처분도면이라고?

스캔: 제1심 판결문 기초사실 나項

칠곡군, 군위군, 경산군, 선산군, 영천군 일부에 걸치는 팔공산 일대 122.08㎢를 팔공산도립공원으로 지정하고, 같은 조 제6항에 따라 이를 공고하였는데, 위 지정·공고를 함에 있어 지형도인 50,000분의 1 비율에 의한 팔공산도립공원구역도를 첨부하였고,

위 판결에는 '1980. 5. 13. 팔공산도립공원구역도'에 의해 공원이 지정되었다는 것이다. 즉 공원처분도면이라는 것인데 그러나 불명확한 도면이다. 그러면 공원경계선을 모르는데도 처분도면? 행정행위가 가능한 일인가?

2) 땅 높이를 측량하니 공원경계측량도가 나왔다?

지난번 행정심판에서는 "등고선 ≠ 공원경계선' 즉 서로 다름을 인정하였다. 공원경계선을 등고선(等高線, 땅 높이)으로 바꾼 것을 공원구역 변경으로 인정하였다. 그런데 이곳 행정소송 판결에서는 '등고선=공원경계선' 즉 공원경계선은 땅에서 나온다며, 아래와 같은 억지 주장을 만들어 내고 있다.

스캔: 제1심 판결문 '이 사건 소의 적법 여부'에서

2. 이 사건 소의 적법 여부
122.08㎢를 팔공산도립공원으로 지정·공고함에 있어 첨부한 50,000분의 1 비율에 의한 팔공산도립공원구역도만으로는 이 사건 각 토지가 공원구역으로 지정된 것인지가 명백히 확인되지 아니하였으나, 적법한 측량절차를 거쳐 작성된 1,200분의 1 비율에 의한 팔공산도립공원경계측량도에 의하면 이 사건 각 토지의 일부가 공원

산성면 ~ 영천군 신령면 일원) 국립지리원으로부터 측량법에 의한 공공측량 작업규정 승인을 받아 공공측량(팔공산 도립공원 경계 현황측량)을 실시한 후, 그 측량성과인 1,200분의 1 비율의 팔공산도립공원경계측량도에 대하여 측량법에 의한 심사를 의뢰하여, 그 정확도를 인정받아 그 측량성과를 관보에 고시하고(제1차 측량 : 1991. 4. 3. 국립지리원 고시 제37호 ~ 제40호, 제2차 측량 : 1991. 7. 30. 국립지리원 고시 제84호,

위 판결문에서는 "공원처분도면(1/50,000팔공산도립공원구역도)이 명백하지 아니하여, 측량법에 의해 땅 높이를 측량하니 공원경계선(팔공산도립공원경계측량도)이 나와서 국립지리원장이 고시하였다"라고 적고 있다. 그런데 여기서 공원처분도면(1/50,000팔공산도립공원구역도)이 명백하였으면 공원처분도면을 기초로 측량하였을 텐데, 공원처분도면이 불

명확이라서 그 대신 땅 높이를 측량하였다는 말 독자는 수긍이 가는가? 그리고 땅 높이를 측량하였으면 결과로써는 등고선이 나와야지 왜 공원경계선(공원경계측량도)이 나왔다고 적고 있느냐? 요상하지 않는가?

3) (기초사실 다項) 국립지리원고시를 부정행사한 판결

스캔: 제1심 판결문 기초사실 다項

승인을 받아 공공측량(팔공산 도립공원 경계 현황측량)을 실시한 후, 그 측량성과인 1,200분의 1 비율의 팔공산도립공원경계측량도에 대하여 측량법에 의한 심사를 의뢰하여, 그 정확도를 인정받아 그 측량성과를 관보에 고시하고(제1차 측량 : 1991. 4. 3. 국

위 판결문에는 "측량법 공공측량을 실시한 후 그 측량성과인 '팔공산도립공원경계측량도'에 대하여 그 정확도를 인정받아 고시하였다"라고 되어 있다. 그런데 여기서는 '지형현황도'가 있어야 할 자리에 '트레싱원도'(낙서)로 바꿔치기하여 놓았고 또한 '트레싱원도'(낙서)를 팔공산도립공원의 경계측량도(증서)인 것처럼 위장하기 위해, '트레싱원도'의 이름(팔공산도립공원경계측량도)만을 적어두고 있다.

그러나 '***공원경계측량도'라는 말은 처분증서로써는 세상에 존재할 수가 없는 용어이다.

그러므로 아래에서는 실제 고시문은 어떻게 되어 있는지 한번 살펴보도록 하자.

91-960	KS P 5304	치과용 아크릴레이진치	확인
91-961	KS P 5106	치과주조용주석합금	〃
91-962	KS P 5216	의치상용레진	〃
91-963	KS P 5206	치과용템포라리스타핑	개정

◉국립지리원고시제84호

공공측량 성과물 측량법 제34조제2항의 규정에 의하여 다음과 같이 고시합니다.

1991년 7월30일

국립지리원장

측량의 종류	공공측량(팔공산도립공원경계측량)	
측량계획기관	경상북도 팔공산도립공원관리사무소	
측 량 지 역	경북 칠곡군 가산면 금화, 천평, 응추,용계리~군위군 호평면 매곡리, 부계면 대율리	
공공측량성과	성과구분 : 공공다각점	지형현황도
	수 량 : 38점	92도엽
	정확도 폐 비 : 1/1,000이상 방향각오차 : $15'' + 20'' \sqrt{N}$이내 수준오차 : $10mm\sqrt{S}$이내 단 S=편도거리(km)	축 척 : 1/1,200 평면오차 : 0.5mm이내 등고선 간격 : 주곡선 1m, 계곡선 5m 도면의 크기 : 세로 33.3cm, 가로 41.7cm
측 량 기 간	1991년 3 월25일~1991년 6 월 5 일	
성과보관장소	경상북도 팔공산도립공원관리사무소	

국립지리원장은 분명히 '지형현황도(등고선, 높이 ***m)의 정확도'를 고시하였다. 그런데도 위 판결문 기초사실에서는 국립지리원이 '팔공산도립공원경계측량도(공원경계측량선, 넓이 ***㎡)의 정확도'를 고시한 것처럼 바꾸어 적고 있으니, 그러면 누가 보아도 공문서부정행사에 의한 판결문 아닌가?

4) (기초사실 마項) '신뢰보호의 원칙'은 단순 구호일 뿐

*행정신뢰의 원칙: 행정청이 국민에 대하여 행한 언동의 정당성 또는 계속성에 대한 보호가치 있는 개인의 신뢰를 보호하는 법원칙을 말함.

필지별 조서를 첨부한 팔공산도립공원토지기본조사서를 작성하여 공원관리업무에 참고 하여 왔는데, 위 1,200분의 1 비율의 팔공산도립공원구역도나 팔공산도립공원토지기본 조사서에는 이 사건 각 토지가 팔공산 도립공원 구역에 편입되지 아니하는 것으로 표 시 및 기재되어 있다.

위 판결문에서는 "1982~1983년에 만든 최초 공원대장에는 이 사건 토지가 공원구역에 편입되지 않은 것으로 기재되어 있다"고 되어 있다.

그리하여 사실은 행정법에서 말하는 '행정신뢰보호의 원칙'에 의 하면 십여 년간 먼저 행사되어진 공원대장이 공원결정도면이어야 한다.

그러나 십여 년의 행사에도 불구하고 여기 강자 앞에서는 하루짜 리 낙서보다 못하다. 국가기관의 공신력(행정신뢰의 원칙)을 왜 헌신짝처 럼 버리는가?

*명성을 훔치는 것은 재화를 훔치는 것보다 못하다.

- 순자(荀子) -

5) (기초사실 라項) 목적어가 2개인 양다리 작전용 판결문

라. 위 팔공산도립공원경계측량도는 팔공산도립공원구역도에 의하여 결정 고시된 위 도립공원의 경계를 측량법에 의하여 실지현황측량을 한 후 그 위에 1,200분의 1 비율 에 의한 지적도의 지적을 병기한 것인데,

위 판결문에서 "도립공원의 경계를, 측량법으로 실지현황측량을 한 후"라는 말은 분명 목적어가 2개인 문장이다. 측량대상인 목적어가 서로 반대의 내용으로 2개라는 것은 문장이라고 볼 수 없다. 非문장이다.

이러한 현상의 발생 원인은 제작증빙(지형현황도)은 그냥 놓아두고 고시한 측량성과도만 지형현황도⇒낙서(공원경계측량도?)로 바꿔치기하고 보니 원인과 결과가 서로 상반되게 되었다. 따라서 앞장에서는 '지형현황도'에 대한 원인설명을 하게 되고, 뒷장에서는 바꿔치기된 '공원경계측량도?'에 대해 설명하게 되었다. 그러자 여기 중간과정에서는 위와 같이 목적어를 양쪽에 걸쳐서 非문장으로 적을 수밖에 없었다. 위의 내용을 목적어 1개인 정상적인 문장으로 만들려면 '도립공원 경계를(목적어)'이라는 말은 '도립공원 경계의(위치를 나타내는 수식어)'로 바꾸어야 된다. 그러면 '실지현황(땅 높이)'이라는 목적어 하나만 남게 되어 정상적인 문장이 될 것이다.

6) 땅 높이 측량은 항공측량이 정확

스캔: 국립지리원의 공공측량 작업규정 승인 공문

측지　30158-[841]　　　　(0331)211-1767　　　　1991.　6.　17.

수신　경상북도팔공산도립 공원관리 사무소장

제목　공공측량 작업규정 승인

4.　본 공공측량은 작업성격으로보아 항공사진측량법법이 지상측량보다 성과의 정도가 균일하며 경비면에서 경제적이라고 판단되므로 항공사진측량방법으로 시행도 검토하시기 바랍니다.

위에서 국립지리원장의 공공측량 작업규정 승인 공문을 보면 본 공공측량은 작업 성격으로 보아 항공사진측량방법으로 검토하라고 하였다. 지상측량방법은 절벽이나 가시덤불 속을 다니기도 어렵지만, 특히 시야가 가려 멀리 관측할 수가 없으므로 측량이 불가능에 가깝다. 따라서 누가 보아도 항공사진 측량방법이 쉽고 정확하여 보인다.

그런데 여기 공문에서 국립지리원이 발주자에게 지형측량 상식을 특별지도(?)하는 이유가 무엇일까? 지형측량도를 경계측량도로 변조하여 부정행사하려는 발주자의 숨은 의도를 진정 몰랐기 때문일까? 아니면 알았기 때문에 경각심을 심어 주려는 차원일까?

참고를 말하면 공원경계선은 관할군 사무실 내의 등록도면에만 존재하기 때문에, 현지의 항공사진측량으로는 나타나지 않는다.

7) 증빙에는 '공원구역 변경'인데, 판결문만 홀로 '공원편입 없음'

스캔: 2008. 12. 4. 공원계획고시의 첨부자료 "공원구역도(변경)"

2008. 12. 4. 공원계획고시에 실제 첨부된 공원도면과 조서를 종전과 비교하여 보면 공원구역이 전부 바뀌어 있다. 여기 첨부도면에 나타나는 '공원구역도(변경)'이란 글자만 보아도 공원구역 변경임을 알 것이다. 그러므로 행정심판 재결서에는 "이 사건 고시는 공원구역을 변경하는 내용을 포함하고 있다"라고 하였다.

스캔: 제1심 판결이유 1.기초사실 바項에서

> 바. 피고는 2008. 12. 4. 팔공산도립공원타당성조사 및 지형도면고시용역을 거쳐 자연공원법 제15조의 규정에 의거 팔공산 도립공원계획을 변경 결정하고 이를 지형도면과 함께 고시하였는데, 위 변경결정에 의하여 공원전체의 면적은 128.364km²에서 125.668km²로(경상북도 91.487km²에서 90.303km²로 변경, 공원구역 해제 0.482km², 구적오차 처리 0.702km²) 감소되었고 신규 편입지역은 없으며, 별첨된 토지조서에는 별지 목

그런데도 판결문에서는 "신규편입지역은 없으며"라고 적었다. '공원구역도(변경)'이란 글자를 '공원구역도 동일'으로 본 것이다. 실제 증빙과 다르게 판결문을 적는 것도 원고 인정사실 때문인가?

8) (기초사실 마項) 공원대장을 지형측량을 함이 없이 만들었다?

스캔: 제1심 판결문 기초사실 마項에서

> 마. 한편 군위군수는 위 팔공산도립공원경계측량도가 작성되기 이전인 1982년부터 1983년 사이에 위 팔공산도립공원계획결정 공고 당시 공고된 지형도인 50,000분의 1 비율에 의한 팔공산도립공원기본종합계획도로서는 필지별 경계확인이 곤란하다는 이유로 측량법에 의한 측량을 함이 없이 위 기본종합계획도를 임의로 1,200분의 1 비율로 확대하여 팔공산도립공원구역도를 작성하고, 구 공원법 및 자연공원법에 근거가 없는 필지별 조서를 첨부한 팔공산도립공원토지기본조사서를 작성하여 공원관리업무에 참고

당시 관할 군수는 자연공원법 제17조제2항에 의한 공원관리청의 자격으로써 자연공원법 제44조에 의한 강제규정 때문에 공원대장을 만들고 십여 년간 행사하였다. 전국 다른 공원과 똑같다. 그런데도 위 판결문 기초사실에서는 자연공원법에 근거가 없다고 하였으니 소가 웃을 일이다. 그러면 공원대장(39쪽)이 전부 허위공문서라면 왜 경상북도 담당과는 지금까지 계속 비치·보관하여 온 것인가? 그리고 자연공원법 제44조, 자연공원법 제17조제2항 등은 국민 기만용 법조문인가?

자연공원법 강제규정 때문에 억지로 만들 당시에는 합법이지만, 그 순간이 지나고 세월이 바뀌면 불법으로 몰아가는 이것이, 세월 따라 바뀌는 강자의 강자에 의한 강자를 위한 현실이다.

또한 위 판결문에는 군위군수가 만든 공원대장은 "측량법에 의한 땅 높이 측량을 함이 없이 공원대장을 만들어…" 가짜라고 하였다.

진실로 땅(지형) 위에 공원경계선이 있다면 우리 함께 공원행정을 할 때마다 밀림과 절벽 속을 헤매며 땅 위에 가서 공원경계선을 찾아보자.

그러나 땅에 가서는 누구도 공원경계선을 찾을 수 없다. 공원도면을 보고 공원대장을 만들지, 어째 땅 높이를 측량하여 공원대장을 만드느냐? 위는 성질이 다른 증빙 2가지를 혼합하였기 때문에 파생되는 현상이다.

*하나의 거짓을 관철하기 위해서 우리는 또 다른 거짓말을 발견해야한다.

- 스위프트 -

4. 기막힌 판결문을 위해 진짜증빙은 모두 불채택하고

이곳 판결문에서는 "측량법에 의해 땅 높이(高低)를 측량하니, 공원경계측량도가 나오더라"라는 기막힌 요술을 적기 위해서, 원고에게 모든 불법과 할 수 없는 불능 사실에 대한 책임을 덮어씌웠다. 아래에서는 그러기 위해서 원고가 제출하였지만 실제 사실에 대한 증빙이지만 판결문에서 증빙으로 채택하지 않은 진짜 증빙들을 열거하여 보았다.

1) 불채택 증빙① (국립지리원장의 서증인부표 '부지'를 불채택)

스캔: 국토지리정보원 서증인부표

서 증 인 부 표

사　　건　2003구합 6███ 팔공산도립공원경계측량도무효확인

원　　고　████████

피　　고　국토지리정보원장

번　호	서증이름	인　부
갑제1호증	토지등기부등본1부	성립인정
갑제2호증	국립지리원고시1부	성립인정
갑제3호증	측량성과물	부지(작성명의인에 의해 작성된 문서인지 확인 불가능)
갑제4호증	측량성과물	부지(작성명의인에 의해 작성된 문서인지 확인 불가능)

국토지리정보원장은 몇 년 전 소송에서 '트레싱원도'에 대해 부지라고 답변하였다(제3자 관계라는 뜻). 따라서 원고는 그 서증인

부표를 이 사건 법정에 제출하면서 '트레싱원도'는 국립지리원고시와는 상관없음을 주장하였다. 그러나 이 서증인부표를 증빙으로 채택하지 않았다.

2) 불채택 증빙② ('국립지리원장은 지형현황도를 고시'를 배척)

스캔: 국토지리정보원 질의 회신

제목 질의회신

귀하께서 질의하신 민원사항에 대하여 다음과 같이 회신합니다.

- 다   음 -

1. 질의1에 대하여

1/50,000지형도는 지형·지물·지물 행정경계등 지표현황을 일반인이 쉽게 볼수 있도록 1/25,000지형도 축소편집한 편집도로서 동 지형도를 이용하여 개략적인 계획수립등은 할 수 있으나 동 지형도를 이용하여 경계확인측량은 할수 없음(측지58251-767, '97.7.30 참조)

3. 질의3에 대하여

측량법제34조제2조의 규정에 의하여 고시하고 있는 측량의 종류는 일반적으로 공공측량 발주기관의 사업통칭으로 측량법과는 아무런 관련이 없음. 끝.

국 립 지 리 원

제목 민원회신

귀하께서 '97. 8. 6자로 질의하신 민원 사항에 대하여 검토한 바, 국립지리원 제84호('91.7.30)로 고시한 공공측량성과(팔공산 도립공원 경계측량)는 팔공산 도립공원 경계측량을 위하여 1:1,200으로 제작한 지형현황도의 정확도 등을 고시한 것이며, 지적법에 의한 토지소유권 분쟁에 관한 지적경계측량과 공원경계선의 확정은 공공측량성과를 기초 자료로 이용하여 해당소관 기관에서 결정할 사항임을 알려드립니다. 끝.

국립지리원장의 답변은 "국립지리원장은 지형현황도를 고시하였지, 지적측량이나 공원경계선의 확정은 자기와는 상관없다"라고 하였다.

그렇지만 이를 증빙으로 채택하지 않았다.

3) 불채택 증빙③ (국립지리원고시 소멸시효 5년을 배척하였다)

스캔: 국토지리정보원 질의 회신

"우리 국토 아름답게 - 우리 교통 편리하게"

국토지리정보원

수신자

제목　　민원사안에 대한 회신

1. 귀하께서 2005년 4월7일 우리원에 제출하신 민원사항에 대한 회신입니다.
2. 위호 관련으로 요청하신 공공측량성과(공공측량작업규정(팔공 30158-120, 1991. 05.25) 및 측량성과도면) 자료는 『공공기관의기록물 관리에관한법률 시행령 제15조』에 의거 보존기간이 5년인 문서로서 자료를 보관하고 있지 않음을 알려드립니다. 끝.

이 사건 지역에는 원래 어떠한 측량도 국립지리원고시도 없었다.

다만 이 사건 인근 지역에 국립지리원고시 제84호(1991.7.30.)가 있었지만 그것도 국토지리정보원장의 위 회신을 보면 이미 옛날에 폐기되었다고 한다. 그렇지만 재판부는 그 증빙을 불채택하였다. 그리고는 판결문은 존재하지도 않는 국립지리원고시를 계속 인용하면서, 또한 '등고선 고시'를 '공원경계선 고시'인 것처럼 말하고 있다.

4) 불채택 증빙④ ('트레싱원도' 제작을 위한 증빙 불채택)

스캔: 과업지시서 표지와 가짜공원지정도면

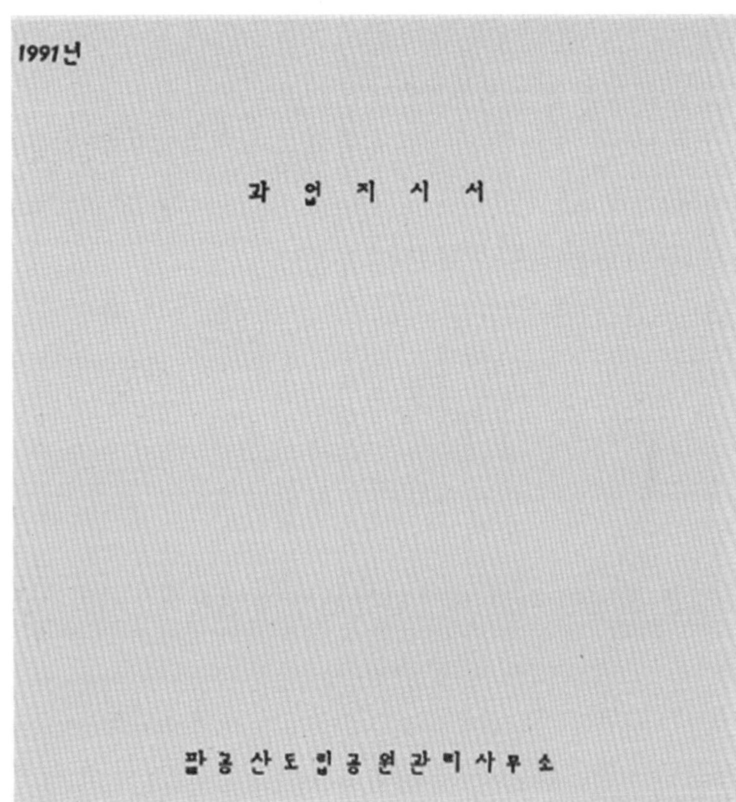

1991년

과 업 지 시 서

팔 공 산 도 립 공 원 관 리 사 무 소

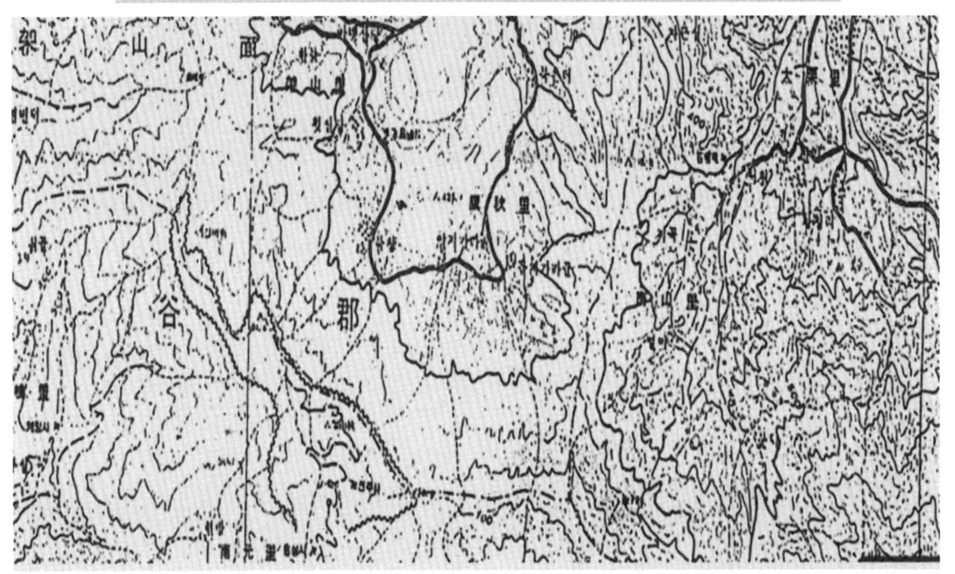

원고는 '트레싱원도'를 만들기 위한 증빙으로 과업지시서, 가짜공원지정도면 등을 법정에 제출하였다.

과업지시서를 보면 '트레싱원도'를 만드는 방법이 나와 있다. 그러나 재판부는 불채택하였다. 그러고는 엉뚱하게도 땅 높이를 측량하여 '트레싱원도'를 만들었다고 하였다.

또한 '트레싱원도'를 만들도록 지역을 표시한 것이 위의 가짜공원지정도면이다. 재판부가 이 가짜공원지정도면을 불채택하였으니 그러면 지역도 없지 않은가?

5. 같은 판관이 직전 자기 판결문을 왜 번복하는가?

1) 직전 판결문(대구지방법원 2008구합3***): '트레싱원도'는 가짜

여기서는 직전 판결문에 대해서 한 번 말하고 가야 될 것 같다.

2008. 5. 원고는 피고가 '트레싱원도'(팔공산도립공원경계측량도?)를 공원도면인 것처럼 사용할까 봐 염려되어, '트레싱원도'에 대해 처분인지 非처분인지 그 진위(眞僞)에 대해 행정소송을 한 바 있다.

그런데 위 소송 도중에 피고는 '트레싱원도'를 기초로 하여 짝퉁도면을 만들고는 "2008. 12. 4. 공원계획고시"에 첨부하여 두었다.

본안 전 항변

팔공산도립공원경계측량도는 1991. 7.30. 국립지리원고시 제84호로 고시하고 공원구역의 효율적인 보호·관리를 위하여 이미 확정된 공원경계를 재인식, 파악하기 위한 사실행위로서 공원경계측량도에 대해 무효 확인을 구하는 원고의 주장은 모두 단순한 사실관계에 대한 확인을 구하는 청구로서 부적법하므로 마땅히 각하되어야 할 것입니다.

라. 따라서 명확한 팔공산도립공원의 경계를 위하여 토지이용규제기본법 제8조, 같은법 시행령 제7조의 규정에 따라 2008. 12. 4.자 팔공산도립공원 변경 결정 및 지형도면 고시(경상북도 고시 제2008-574호, 을제5호증의1)를 통하여 공원경계를 지형도 및 지적도에 명시하여 고시함으로써 공원구역을 명확히 확정하였습니다. 원고의 토

그리고는 위 피고 답변서를 보면 새로이 만든 짝퉁도면(2008. 12 .4. 고시의 첨부 자료)을 증빙으로 내어 놓으면서, '트레싱원도' 자체는 처분도면이 아니지만(부적법하여 각하되어야 하지만), 그 뒤 짝퉁도면을 만들어 명확히 고시(2008. 12. 4. 고시의 첨부 자료)하였다는 것이다. 즉 처분으로 확실히 승격시켰다는 것이다.

그런데, 원고가 이 사건 소로써 무효확인을 구하는 대상은 별지 1, 2 도면에 표시된 팔공산도립공원 공원경계표주와 공원경계측량선으로서 이는 단순한 사실관계일 뿐 행정소송법이 무효 등 확인소송의 대상으로 규정하고 있는 처분 등이라고 볼 수는 없다.

3. 결론

그렇다면, 이 사건 소는 부적법하므로 이를 각하하기로 하여 주문과 같이 판결한다.

그러자 대구지방법원 2008구합3*** 판결문에서도 여기서는 어디까지나 '트레싱원도'(2008. 12. 4. 고시에 첨부한 짝퉁도면이 아니고)에 대한 판결이니만큼, 위의 피고 답변을 그대로 따라 '처분이라고 볼 수 없다'(각하)라고 판결하게 된다.

따라서 이 판결은 여기서 확정되었지만 나는 다음 차례로 그간에 새로 생겨난 '2008. 12. 4. 고시에 첨부한 짝퉁도면'의 진위여부에 대해, 또 행정소송을 제기하게 되었다. 그러자 피고는 지금까지와는 반대로 돌변하여 '트레싱원도'가 처분도면이었지(진짜), 새로이 만든 짝퉁도면(2008. 12. 4. 고시의 첨부 자료)은 처분도면이 아니라고 하게 된다(가짜). 결국 이곳 판결문이나 직전 판결문은 前도면과 後도면을 두고, 서로 자기 사건의 도면은 단순 모방이었기에 책임(처분)이 없다며 회피 작전이었다. 즉 서로 前도면으로 혹은 後도면으로 책임(처분)을 떠넘기기 작전이었다. 그런데 직전 판결이나 이곳 판결이나 같은 피고이고 같은 판관이다. 그럼에도 1년 전의 자기 판결에게 잘못을 행한 듯이 몰고 가는 것이 요상하지 않은가?

아무튼 다음 페이지에서 거꾸로 읽는 그 방법이나 한 번 보자.

*새는 궁(窮)하면 아무것이나 쪼아 먹게 되며, 짐승은 궁하면 사람을 해치게 되며, 사람이 궁하면 거짓말을 하게 된다.

- 공자(孔子) -

*승자의 입에는 솔직이 가득 차고 패자의 입에는 핑계가 가득 찬다.

- 탈무드 -

2) 이곳 판결문(대구지방법원 201*구합16**) : '트레싱원도'는 진짜

① 피고가 '트레싱원도'를 고시도면이라고 변조하는 방법

스캔: 피고 제1심 2010년 답변서

다. "팔공산도립공원경계측량도(▆▆▆도엽)"는 관보에 고시(을 제3호증의3)한 도면입니다.

1) 팔공산도립공원경계측량도(1:1,200)에 대하여 대구지방법원(2008구합 3▆▆)에서는 '무효 등 확인소송의 대상으로 규정하고 있는 처분 등 이라고 볼 수 없다'는 이유로 각하로 판단하였을 뿐 ▆▆▆▆▆▆▆▆ 도엽이 허위도화라는 것을 판단한 것은 아닙니다.

위 답변서를 보면 피고가 직전 판결문을 뒤엎는 양상이 나온다.

피고는 위에서 "대구지방법원 2008구합3***에서는 '트레싱원도'(팔공산도립공원경계측량도?)에 대하여 확인소송의 대상이 되는 처분 등 이라고 볼 수 없다.(각하)라고 판단하였다"라고 적었다. 그러나 이내 '트레싱원도'를 두고 허위도화라고 판단한 것은 아니라고 말하면서, 문단제목을 '트레싱원도'는 관보에 고시한 도면"이라고 적고 있다. 그런데 '트레싱원도'(팔공산도립공원경계측량도?)는 허위도화가 아니라는 것은 맞다. 법률적으로 작성명의인이 표시가 없으니 낙서이기 때문이다. 그런데도 위의 결론에서는 어떻게 동문서답으로 작성명의인의 표시가 존재하는 고시도면으로 비약시킬 수 있는가? 이는 강아지를 보고 인형이 아니라고 말하고는 사람이라는 것과 같은 삼단논법이다. '트레싱원도'가 처분도면(고시도면)이었다면 왜 직전 판결문에서는 소송의 대상이 되지 않는다며 각하를 하였는가?

② 판결문도 덩달아 '트레싱원도'를 고시도면(처분)이라고 판결

그러자 이 사건 제1심(대구지방법원 201*구합16**) 판결문에서도 덩달아서, '트레싱원도'(팔공산도립공원경계측량도?)를 두고 '처분도면'으로 보았다. 즉 직전 판결문에서는 '非처분' 판결이었는데, 같은 판관인데도, 이곳 판결문에서는 거꾸로 '처분'이라고 읽으며 인용하고 있다.

그렇지만 외관으로만 보면 '非처분'이라는 직전판결문을 1년 만에 '처분'이란 판결로 거꾸로 읽는 이유가, 원고의 변심(다툼 없는 인정사실) 때문인 것처럼 비춰지니 통탄할 일이다.

③2개의 판결문에서 결론만 보면 모두 가짜

아무튼 판결문 결론만 보면 위 2개의 판결문 모두 "非처분"(가짜)이라는 판결이다.

대구지방법원 2008구합3*** 판결문에서는 '트레싱원도'(팔공산도립공원경계측량도?)에 대해 '처분이라고 볼 수 없다'(가짜)라고 하였고, 대구지방법원 201*구합16** 판결문에서는 짝퉁도면('2008. 12. 4. 고시의 첨부 자료)'에 대해 '처분이 존재하지 않는다'(가짜)고 하였다. 즉 처분으로의 승격이 아니다.

3) 어느 것이 진짜 처분도면인가? (바지사장과 실세사장으로 2개)

스캔: 제1심 판결문 기초사실 나항

칠곡군, 군위군, 경산군, 선산군, 영천군 일부에 걸치는 팔공산 일대 122.08㎢를 팔공산도립공원으로 지정하고, 같은 조 제6항에 따라 이를 공고하였는데, 위 지정·공고를 함에 있어 지형도인 50,000분의 1 비율에 의한 팔공산도립공원구역도를 첨부하였고,

이 사건 판결문에서는 '1980. 5. 13. 팔공산도립공원구역도'에 의해 공원이 지정되었다고 하였다. 즉 공원처분도면이라는 것이다.

스캔: 제1심 판결문 2. 이 사건 소의 적법 여부

, 팔공산도립공원경계측량도에 의한 이 사건 각 토지의 공원구역 편입 부분이 2008. 12. 4.자 고시에 첨부된 지형도와 일치하는 바, 별지 목록 기재 각 토지는

그러나 위를 보면 실제 공원행정을 할 때는 '트레싱원도'(팔공산도립공원경계측량도?)를 두고 공원경계선이 존재하는 듯이 취급하고서는, 이와 일치하게 2008. 12. 4. 고시를 만들었다고 말하고 있다.

그러면 판결문에서 처분을 논할 때 말하는 대외용 도면(바지사장)과, 실제 행사하는 도면(실세사장)은 다르지 않는가?

강자와 소송하면 이런 현상이 일어남을 확실히 보아두자.

6. 공원경계선을 '트레싱원도' 위의 등고線으로 바꾼 결과는

'트레싱원도'는 당시 국립지리원에서 1/5,000지형현황도를 사다가 이를 기초로 그린 지형 낙서이었으므로 여기에는 수많은 등고선만 존재한다. 그러면 2008. 12. 4. 공원계획고시를 만들 때는, 그 수많은 등고선 중에서 무엇을 근거로 어떤 기준으로 등고선을 골라 공원경계선으로 보았느냐? 아래에서는 경상북도가 작성명의자

가 없는 낙서(**트레싱원도**)를 마치 공원처분도면인 것처럼 행사한 결과의 그 부작용을 간단히 한 번 보자. 다음의 표는 2008. 12. 4. 공원계획변경고시의 본문에서 발췌한 것이다.

스캔: 2008. 12. 4. 공원계획변경고시에서

1. 공원구역(변경)

당초 91.487㎢ ⇒ 90.303㎢(감 1.184㎢)

구분	기정 (㎢)	증감(㎢)		변경 (㎢)	비고
		구적오차	해제		
합계	91.487	0.702	0.482	90.303	
경산시	10.608		–	9.520	△10%
영천시	29.038		–	29,172	
군위군	21.695		0.015	21,858	
칠곡군	30.146		0.467	29.753	

원래 기정 난에 내용 표시가 누락되어 있었는데, 원고가 그 기정 난을 붉은 글씨로 복원하고 보니, 기정 난과 변경 난 사이에는 많은 착오가 있다.

1) 경산시의 경우 대폭 감소 원인은 집단행동과 낙서가 연합한 결과

위 표에서 경산시를 보면 특이하게 10% 이상 줄었다.

이러한 원인은 옛날에 '트레싱원도'를 만들 때 **면 **리 어느 산 속의 동네가 종전과 달리 몽땅 공원구역에 들어가게 되자 동네사람들이 집단행동을 한 바 있다. 그러자 다음 날부터는 등고선의 기준을 동네 위로 높였다. '트레싱원도'의 본질은 지형 낙서이니 작업자가 마음대로 기준을 바꾸어도 아무 상관없었으리라. 그러나 '트레싱원도'의 바탕은 등고선지도이니, 한 번 올라간 기준(등고선)은 다시 내려오기가 어려웠을 것이다.

아무튼 이렇게 하여 만든 '트레싱원도'는 당시는 단순한 지형 낙서이었지만, 17년이 지나 2008년에 이를 공원도면으로 취급하고서 면적조서를 만들게 되니, 경산시의 경우 공원면적이 10,608㎢ ⇒9,520㎢로 대폭 줄어서 나타나게 된 것이다.

스캔 : 1997년과 2003년의 국토이용계획확인서 비교

토지이용계획확인(신청)서

※ 굵은 선안에만 기재하시기 바랍니다.
※ 신청사항란은 아래의 1~8항목을 참조하여 표시하십시오.

신청사항: 1, 2, 3, 4, 5, 6, 7, 8

처리기간 1일

| 신청인 | 성명 | | 주소 | |

대상지	토 지 소 재 지			지 번	지 목	지 적(㎡)
	시	읍·면	리·동			
	영 천 시	청통면	치일리			

확인	1	국토이용	용 도 지 역	(도시·준도시·농림·준농림·자연환경보전 지역)	
			용 도 지 구		
			개발계획등의 수립여부		
	2	도시계획			
	3	군사시설	군사시설보호구역		해당없음
	4	농 지	농업진흥구역·농업보호구역		해당없음
	5	산 림	보전임지		해당없음
	6	자연공원	공원구역·공원보호구역		해당없음
	7	수 도	상수원보호구역		해당없음
	8	토지거래	허가구역·신고구역		해당없음
	기 타				

귀하의 신청에 대한 현재의 토지이용계획 사항을 위와 같이 확인합니다.

수 수 료 뒷면참조

1997년 10월 14일

영 천 시 장

토지이용계획확인(신청)서		처리기간
		1일

※ 굵은 선안에만 기재하기 바랍니다.

신청인	성 명		주 소		(전화번호 :)

대상지	토 지 소 재 지			지 번	지 목	면적(㎡)
	시	읍·면	리·동			
	영천시	청통	치일리		전	

	용도지역	(제1종일반·제2종일반·제3종일반·준) 주거지역 (일반) 상업지역 (일반·준) 공업지역 (생산·자연) 녹지지역 (보전·생산·계획) 관리지역 농림지역 자연환경보전지역		

용	2	군사시설	군사시설보호구역, 군용항공기지구역, 군용항공기지구역 (비행기안전구역, 기지보호구역)	(별도확인 : 도시주택과)	해당없음
	3	농 지	농업(진흥·보호)구역	(별도확인 : 농림민원담당)	해당없음
	4	산 림	보전임지(생산·공익)	(별도확인 : 산림과)	해당없음
	5	자연공원	공원구역·공원보호구역	(별도확인 : 도시주택과)	해당없음
	6	수 도	상수원보호구역·수질보전특별대책지역·수변구역	(별도확인 : 수도사업소)	해당없음
	7	하 천	하천구역·하천예정지·연안구역·댐건설예정지역	(별도확인 : 건설과)	해당없음
	8	문화재	문화재·문화재보호구역	(별도확인 : 문화공보담당관실)	해당없음
	9	전원개발	전원개발사업구역(발전소·변전소)·전원개발사업예정구역	(별도확인 : 건설과)	해당없음
	10	토지거래	허가구역·신고구역		해당없음
	11	개발사업	택지개발예정지구·(국가·지방·농공) 산업단지	(별도확인 : 도시주택과)	
	기 타				

국토의 계획 및 이용에 관한 법률 제132조 제1항의 규정에 의하여 귀하의 신청에 대한 위의 토지
이용계획사항을 위와 같이 확인합니다.

경상북도 영천시장

수 수 료
시·군·구 조례로정함

위에서 당시 청통군의 어떤 필지를 보면 1997년에 공원구역에 포함 되었던 것이 그 후 공원구역 밖임을 볼 수 있다. 그런데도 판결문은 종전과 "공원구역 동일"(공원일치)이라고만 하고 있다.

2) 군위군의 경우는 시기에 따라 기준이 아니라 기분이 달랐음

1991년 '트레싱원도'를 만들 때 당시 작업자는 과업지시서를 무시해 가며 공원면적조서를 만들지 않았다. 법과 양심 때문이라고 생각한다.

'트레싱원도'의 본질은 공원도면과는 관계없는 낙서이기 때문이다.

그리하여 경상북도가 17년 뒤 2008년에 '트레싱원도'를 보고 공원면적조서를 만들게 되었는데, 그러면 바로 허위공문서 작성이 되는 것 아닌가?

군위군 경우에 1983년 공원대장과 2008년의 조서를 비교하여 보면, 경산사건 전에 만든 부계면 남산리의 '트레싱원도'는 공원면적이 대폭 늘어나 있지만, 경산사건 직후에 만들은 산성면은 2.482㎢ ⇒2.073㎢로 대폭 줄어있다(**경산사건의 영향?**). 위와 같은 넓은 洞別면적의 비교가 아니라 개별 필지별로 보면 더욱 엉망진창이다. 그럼에도 불구하고 피고와 판결문은 종전과 "공원구역 동일"이라고만 하고 있으니 소가 웃을 일이다.

3) 낙서를 두고 공원도면이라고 한 지록위마(指鹿爲馬)

원래 경계측량을 할 때는 지적도(**공원도면**)와 토지대장(**공원대장**)을 함께 주는데, 그 측량결과를 나중에 검산하여 면적이 틀리게 나오면 이는 再복원측량할 사항이지, 이것을 거꾸로 하여 처분 난 原도면과 原면적조서가 잘못되었다며 수정하지는 않는다.

그런데 이 사건에서는 공원경계선과 아무 관계없는 지형 낙서(**트레싱원도**) 위에 있는 임의의 선(線)을 기준으로 새로이 면적을 계산하고, 이를 기초로 하여 원래의 공원도면과 공원면적을 모두 바꾸어 버렸다.

고시 없는 지형 낙서(가짜도면)가 고시된 공원도면(처분도면)을 쫓아내었으니, 그러면 정상과 非정상의 위치를 바꾸는 주객전도(主客顚倒) 된 행정 아닌가?

그러나 성씨(姓氏)가 마음에 안 든다고 아버지를 바꿀 수 없는 것처럼, 처분도면은 부실하여도 버리지 못한다.

(대법원 1990. 1. 25. 선고 89누2936).

*갑옷을 입어도 돼지는 여전히 돼지에 불과하다.　　- 영어 명언 -

*진리는 인간이 가질 수 있는 최고의 가치이다.　　　- G. 초서 -

8. 대구고등법원에서 피고 답변서 : "처분이 없으므로"

1) 행정처분이 없다고 목메어 주장하고는 돌아서면 사용가능이라?

스캔 : 2011년 피고 제2심 준비서면에서

3. 결론

원심판결과 같이 이 사건 토지는 1980. 5. 13.자 팔공산도립공원구역 지정·공고로서 공원구역에 편입된 것으로 2008. 12. 4.자 고시로 공원구역에 편입하는 처분은 없었으므로 원고의 청구를 마땅히 각하하여 동일한 내용의

스캔: 2011년 피고 제2심(대구고등법원 201*누1**) 준비서면에서

별지 목록 기재 각 토지는 1980. 5. 13.자 팔공산도립공원구역 지정·공고로서 공원구역에 편입된 것이지, 2008. 12. 4.자 팔공산도립공원계획변경결정 및 지형도면 고시로 비로소 공원구역에 편입된 것은 아니라며 각하하였습니다.

결국 원고의 이 사건 청구는 1심 판결과 같이 존재하지 않는 처분을 전제로 한 것으로 부적법하므로 이를 각하하여 주시기 바랍니다.

피고는 낙서(트레싱원도, 팔공산도립공원경계측량도?)에 대해 非처분이라고 판결을 받게 되자, 그 후 오랜 준비기간을 거친 후 이 非처분을 2008. 12. 4. 고시에 편승시켜서 처분(진짜도면)으로 승격시키려 하였다.

그런데 지금 피고가 위 제2심 준비서면에서 거듭 되풀이하여 강조하고 있는 말은 "2008. 12. 4. 고시로 행한 처분은 없으므로"라는 말이다.

그러면 피고가 그동안 힘들여 준비한 행동은 장난·기만용이라는 말인가? 따라서 피고가 위에서 말한 "2008. 12. 4. 고시에 첨부된 도면은 非처분"이란 말은 재판할 때만 임시 모면용으로 그러하였다.

그 후 실제로 행사할 때는 위에서 '처분이 존재하지 않는다'고 그토록 강조한 그 도면을 '처분'인 것처럼 행사하고 있다. 재판할 때는 '처분도면이 아니다'(가짜)고 말하고, 재판정만 나가면 바로 처분도면(진짜)인 듯이 행사하여도 처벌할 사람이 없는 세상이 원망스럽다. 거꾸로 진짜가 처벌받는 세상이 한탄스럽다.

2) '문서제출명령 서증제출'에는 가짜가 나오더라

스캔: 1991년 납입 성과명(공공측량작업규정)과 성과품 제출(과업지시서)

제 5 절   납입 성과명

1. 측   량

가. 관측수부 각 3부 (삼각, 다각 및 수준원본 1, 사본 2)

나. 계산부   각 3부 ("   )

다. 성과표   각 3부 ("   )

라. 망도각   각 3부 ("   )

마.   점의 조서, 기준점   조사서 각 3부

바. 현황측량원도 1부 , 사본 3부

사. 기타 필요한 도면 및 서류

성과품 제출

가. 관측수부 각 7부 (삼각, 다각및 수준원본 1 사본 6)

나. 계산부   각 7부 (삼각, 다각및 수준원본 1 사본 6)

다. 성과표   각 7부 (삼각, 다각및 수준원본 1 사본 6)

라. 망도각   각 7부 (삼각, 다각및 수준원본 1 사본 6)

마. 기준점의 조서 기준점의 조사서 각 7부

바. 현황측량 원도 1부

사. 트레싱 원도 1부(크로쓰쎄싸) 청사진 6부

아. 전체구역도 원도 1부 청사진 6부

자. 용지조서 각 20부

차. 기타 필요한 도면 및 서류

위에서 위쪽은 공공측량작업규정(공식적)에서 '5. 납입 성과명'을 스캔한 것이다. 아래쪽은 과업지시서(非공식적)에서 '3. 성과품 제출'을 스캔한 것이다. 원고는 재판 중에 위의 공공측량작업규정에 의해 만든 '현황측량원도 1부'와 과업지시서에 의해 만든 '트레싱원도 1부(크로쓰페파) 청사진 6부'에 대해 문서제출명령신청을 하여 보았다.

*어느 누구도 진실을 이길 수 없다.   － 발타자르 그라시안 －

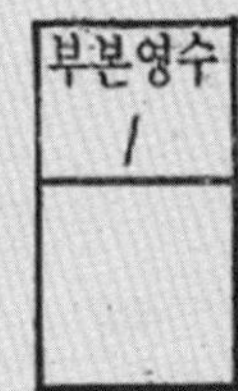

문서제출명령 서증제출

사   건   2011누■■■ 공원구역편입처분취소

원고(항소인)   ■■■

피고(피항소인) 경상북도지사

부본영수
/

위 사건에 관하여 피고는 다음과 같이 서증을 제출합니다.

다   음

1. 현황측량원도(을 제26호증) 1부.

※제출경위 : 대구고등법원(제1행정부)의 2011.5.30. 문서제출명령에 따라 피고가 보관하고 있는 1991.7.2.자 물품검수조서에 표시된 품목중 "현황측량원도"는 을제16호증으로 기제출한 "국립지리원고시 제84호 92도엽 중 ■■■■■"과 동일한 자료이며 불임 문서로 제출합니다. "트렌싱원도"는 위 현황측량원도의 원본을 일정규격으로 축소하여 이어 붙여 복사 등의 업무에 활용하는 것으로 현재는 찾을 수 없어 제출이 불가합니다.

그런데 위 스캔을 보면 피고는 서증제출에서 '트레싱원도 1부 청사진 6부'를 마치 공공측량작업규정(5. 납입 성과명)의 성과인 '현황측량원도 1부'인 것처럼 위장하며 반대로 내어 놓았다. 그리고는 막상 '트레싱원도 1부 청사진 6부'를 내어 놓아야 할 곳에서는 7부나 수령하였는데도 '현재는 찾을 수 없어 제출이 불가합니다'라고 적었다.

따라서 우리는 문서제출명령에는 가짜가 나오고 그 가짜가 진짜인 것처럼 증빙이 된다는 것 기억해 두자. 또한 이 사건에서 피고 소송수행자는 어떠한 거짓말을 하던지 누구도 처벌받지 않았다는 것도 기억해 두자.

3) 사실조회서에서는 '트레싱원도'의 존재를 인정하지 않았다

스캔: 2011. 1. 국토지리정보원장이 법원에 보낸 '사실조회에 답변'

국토지리정보원

수신자　　대구고등법원장

(경유)

제목　　　사실조회에 대한 답변서 회신

1. 사건번호 2011누 ▓▓▓▓▓▓▓▓▓▓▓의 관련입니다.

2. 위 사건의 관련으로 요청하신 사실조회에 대한 우리원의 답변 자료를 붙임과 같이 작성하여 회신합니다.

붙임 : 사실조회에 대한 답변서 1식.　끝.

사실조회서에 대한 답변

본 답변 자료는 『공공기관의 기록물 관리에 관한 법률 시행령 제15조』에 의거 보존기간이 5년인 공공측량 관련 자료를 우리원이 보관하고 있지 않아, 그동안 본 공공측량과 관련한 소송건 등으로 보관하고 있는 서류 사본 등 일부 자료를 참고하여 답변서를 작성했음을 참고하시기 바랍니다.

□ 사실조회 사항

가. 국립지리원장이 국립지리원고시 제84호(1991.7.30)로 별지 1~2도면(팔공산도립공원경계측량도)에 표시된 **공원경계측량선과 공원경계표주의 정확도**를 고시한 사실이 있는지?

답변 : 당시 "공공측량 성과심사 결과 통지(1안 : 경상북도 팔공산 도립공원관리사무소장)" 및 "관보게재 의뢰(2안 : 총무처장관)"의 고시(안) 내용에는 **공공다각점과 지형현황도에 대한 수량과 정확도**가 표기되어 있음.

　※ 관련 문서 : 측지30158-1586(1991.2.24)

나. 1991.3.14. 팔공산도립공원관리사무소가 국립지리원에게 "공공측량작업규정승인신청"(문서번호: 팔공30158-67)을 할 때, 첨부물로 **공원경계선이 표시된 공원경계도면**을 국립지리원장에게 제출하거나, 국립지리원장에게 **공원경계선측량의 승인**을 요청한 사실이 있는지?

답변 : **경계측량 작업구역도(1/50,000) 첨부하여 팔공산도립공원 경계측량 공공측량작업규정 승인 신청한 사실 있음.**

지금 피고는 '트레싱원도'를 두고 1991. 7. 30. 국립지리원고시 제
84호로 고시한 도면이라고 말하고 있다. 그리하여 법원에서 국토
지리정보원에 그 고시에 대해 사실조회를 하였더니, 그 고시는 보
존기간이 5년이라는 회신이다. 따라서 지금은 폐기되어 그 관련자
료를 아무 것도 보관하고 있지 않다는 답변이다. 그런데도 지금 그
고시번호만이 살아서 빙자되고 있다는 것은 소가 웃을 일 아닌가?
그러면 일제시대 때 원도면이 폐기된 고시도 지금도 낙서를 만든
뒤 고시번호만 빙자하면 효력이 있는 것인가?

그리고 위의 사실조회서 내용을 요약하면 피고가 '작업구역도'를
첨부하여 측량승인 신청하였고 그 결과로 '지형현황도에 대한 정
확도를 고시'하였다는 것이다.

그러므로 '1980. 5. 13. 팔공산도립공원구역도'를 첨부한 사실이 없
고 '공원경계측량도'에 대해서는 말하지 말라는 것이다.

*진실 없는 삶이란 있을 수가 없다. 진실이란 삶 그 자체인 것이다.
- 카프카 -

그리고 아래를 보면 그 당시 측량성과도를 심사한 대한측량협회
장도 '지형현황도에 대한 정확도만을 심사'라고 하였다. 질의내용
인 '공원경계측량선'에 대한 심사는 없었다.

 # 대한측량협회

수신자 대구고등법원장

제 목 사실조회서에 대한 답변

1. 귀 원의 무궁한 발전을 기원합니다.

2. 대구고등법원 사건2011누▨▨(2011.1.▨▨)와 관련한 사실조회를 붙임과 같이 회신합니다.

첨부 : 대한측량협회 사실조회답변서 1부. 끝.

사실조회사항 답변

가. 대한측량협회는 1991. 7. 21 '공공측량성과심사 결과보고'(문서번호: 총무91-198)라는 공문의 첨부물로 '공공측량성과심사서'를 국립지리원장에게 보낸적이 있습니다. 이'공공측량성과심사서'에서 팔공산도립공원의 공원 경계선을 측량한 성과인 '공원경계측량선'에 대한 정확도를 심사한 적이 있는지?

답변 : 우리 협회는 공공측량 성과(사본)를 제출 받아 심사한 후 모든 자료를 국토지리정보원에 제출하고 있고, 또한 본 건은 심사된 지 오래되어 현재는 당시의 자료를 직접 확인 할 수 없으나, 당시에 고시한 내용으로 보아 공공다각점과 지형현황도에 대한 수량과 정확도만을 심사한 것으로 판단됨.

9. 대구고등법원에서 말하는 공원처분도면은 유령도면

아무튼 제1심 판결의 결론은 "2008. 12. 4. 고시로 행한 처분은 없으므로"이었다. 그러므로 이것으로 사실상 이 사건은 끝이 난 것이다.

따라서 원고는 결론이 아니고 불법내용을 두고 항소한 꼴이 되었다.

아래는 제2심(항소심) 판결문의 전문(全文)에 해당한다.

스캔 : 제2심(대구고등법원 201*누1) 판결문 이유**

1. 제1심 판결의 인용

가. 제1심은, 별지목록 기재 각 토지는 1980. 5. 13.자 팔공산도립공원구역 지정·공고로서 공원구역에 편입된 것이지, 원고가 주장하는 2008. 12. 4.자 팔공산도립공원계획변경결정 및 지형도면고시에 의하여 비로소 공원구역에 편입된 것은 아니므로, 이 사건 소는 결국 존재하지 않는 처분을 전제로 한 것이어서 부적법하다고 각하하였는데, 제1심의 위와 같은 사실인정과 판단은 모두 옳다고 인정되고, 원고가 당심 법원에 제출한 갑 제41호증 내지 44호증의 각 기재만으로는 이를 뒤집기에 부족하다.

나. 그러므로 당심에서 추가 제출된 증거로서 원고의 주장 사실을 인정하기에 부족한 갑 제41호증 내지 44호증의 각 기재를 배척하는 외에는 제1심 판결의 이유를 행정소송법 제8조 제2항, 민사소송법 제420조에 따라 그대로 인용한다.

1) 제2심에서는 '국립지리원고시'를 언급할 수 없었던 이유

측량법과 국립지리원고시로는 '공원경계측량도 고시'가 권한 밖이었다.

또한 대구고등법원 2004누14**과 대구고등법원 2007누7**에서

는 국립지리원장은(지형현황도의 정확도를 고시한 것이고) 공원경계표주와 공원
경계측량선의 정확도를 고시한 바도 없다'라는 확정 판결이 있었다.

　그러므로 여기에서는 측량법과 기존 판결문과 그리고 국토지리
정보원장의 사실조회서까지 무시해가며, '국립지리원장이 팔공산
도립공원경계측량도를 고시하였다'라고 적을 수가 없었다.

2) 제2심에서는 '<u>팔공산도립공원경계측량도</u>'를 언급할 수 없었다

제1심에서는 "공원처분도면이 불명확하여, 국립지리원장이 땅 높
이를 측량하여 팔공산도립공원경계측량도(트레싱원도)를 만들고 고시
하였다'라고 하였지만, 땅 높이를 측량하여서는 공원경계측량도
제작이 불가능이었다. 그리고 '트레싱원도'(팔공산도립공원경계측량도?)에는
이미 '처분이 없다'라는 확정 판결이 있었다.

3) 제2심에서 말하는 공원처분도면은 유령도면

　제2심에서는 아무리 강자를 위한다는 명분이라 하더라도 상황
이 명약관화하므로, 더 이상은 낙서(트레싱원도, 팔공산도립공원경계측량도?)를
두고 증서(공원경계측량도)와 처분(고시)인 것처럼 혹세무민할 수가 없었
다. 즉 불법·불능으로 증빙이 없는데도 제1심과 같이 원고에게 '다
툼 없는 인정사실'이란 말로 덮어씌울 수가 양심상 없었던 것 같다.
그러므로 제2심(대구고등법원)에서는 "국립지리원고시"이나 "팔공산도
립공원경계측량도"라는 말은 일체 사라졌다. 무법천지는 피하려고
한 것 같다.

　따라서 '1980. 5. 13. 팔공산도립공원구역도'를 공원처분도면이라

고 하였다. 그렇지만 지금까지 판결에서 말하여 온 '땅 높이 측량으로 공원경계선을 찾아 고시하였다'는 것을 부정하는 것은 옳지만, 그러나 아무도 알 수 없는 '1980. 5. 13. 팔공산도립공원구역도'를 처분도면이라고 한 것이나, 또한 이 不明인 도면을 두고 적당히 넘어가려고 알 수 있는 도면인 것처럼 표현한 것은 옳은 일이 아니다.

4)'2008. 12. 4. 고시에는 처분이 없다' 판결이지만 차이 있느냐?

스캔: 재결서 이유. 5. (인정사실) 차항

차. 피청구인은 2008. 12. 4. 이 사건 고시로 공원의 면적을 변경하고, 청구인 소유의 별지 토지 중 이 사건 임야를 토지조서에 공원구역으로 편입하는 이 사건 처분 등을 포함하는 팔공산도립공원계획 변경결정 및 지형도면을 고시하였는데, 그 구체적 내용은 다음과 같다.

위는 이 사건 행정심판 재결서에서 행한 판결사항이다. 원고(청구인)의 토지가 2008. 12. 4. 고시에 의해 "공원편입 변경처분" 되었음을 적고 있다. 그리하여 원고(청구인)에게 패소(기각)라고 한 것이다.

그런데 이 사건이 이곳 행정소송으로 올라와서는 "2008. 12. 4. 고시에는 공원구역변경 처분이 존재하지 않는다"라고 하였다(각하). 가짜도면이라는 것이다. 그러므로 행정소송에서의 판결은 지난번 행정심판에서의 재결을 번복한 것이 된다. 따라서 2008. 12. 4. 고시는 이 후 행정행위에 사용할 수 없게 되었다. 그렇지만 피고는 지금도 변함없이 2008. 12. 4. 고시를 그대로 행사를 하고 있으니 '공원구역변경 처분 있다'(진짜도면)는 재결이나 '공원구역변경 처분 없다'(가짜도면)는 판결이나 무슨 차이가 있느냐?

　참고로 말하면 나는 장기간 소송을 하면서 판사의 서명날인이 없는 판결문을 상당히 많이 보았다. 이 건에서도 제1심^(대구지방법원201*구합16**)이든 제2심^(대구고등법원201*누1**)이든 서명날인한 사람은 한 사람도 없다.

*불쌍히 여기는 마음이 없는 것은 사람이 아니고,
　부끄러운 마음이 없으면 사람이 아니며,
　사양하는 마음이 없으면 사람이 아니며,
　옳고 그름을 아는 마음이 없으면 사람이 아니다.
　'불쌍히 여기는 마음은 어짊의 극치이고,
　부끄러움을 아는 마음은 옳음의 극치이고,
　사양하는 마음은 예절의 극치이고,
　옳고 그름을 아는 마음은 지혜의 극치이다

- 맹자 -

'트레싱원도'의 실체

'트레싱원도'의 실체

'트레싱원도'의 실체

▲ 혼란의 원인은 딱 하나 도면을 낙서로 바꿔치기하였기에

지금까지 지록위마(指鹿爲馬)로 판결하는 것을 많이 보았을 것이다. "공공측량작업규정 변조", "위치도 바꿔치기", "국립지리원 고시문에 누락이라고 덮어씌우기", "위치도를 공원지정도면", "땅 높이 측량하면 지적선과 공원경계선이 나온다", "지형현황도와 공원경계측량도는 같은 말", "공원대장은 땅 높이를 보지 않고 만들어 가짜", "고시효력은 영생불멸", "허위도화 증명서가 없으면 낙서가 아니고 진짜도면", "공원계획고시로도 공원구역변경", "이름이나 사업명칭을 뜻으로 사용", "목적어 2개인 非문장", "공원구역변경이란 글자를 공원구역동일이라고 읽기", "비처분 판결문을 처분으로 행사하기", "가정법으로 기각 재결", "국립지리원고시문 부정행사하기", "등고선=공원경계선", "작성자의 날인이 없어도 사용가능", "해바라기 판결", "원고에게 덮어씌우기 판결(다툼 없는 인정사실)" 등 많이 있다.

그런데 위와 같은 왜곡이 출발하게 된 모든 근원은 너무나 간단하다. 애초에 경상북도가 '지형현황도 사본 3부'가 있어야 할 곳에, 대신 '낙서(트레싱원도 1부 청사진 6부)'로 바꿔치기하여 두었기 때문이다.

    *진실은 모든 존재의 근원이며 종말이다.

- 공자 -

1. 행정소송에서 '증서진위여부(證書眞僞與否)의 소'로 이동

1) 행정소송으로는 '트레싱원도'의 실체를 밝힐 수 없었다.

원고로서는 위와 같은 비정상을 정상으로 바로잡고 싶었다.

정상이 거꾸로 처벌 받고 있는 사회구조를 바로잡고 싶었다.

그러므로 행정소송을 할 때마다 제발 '진돗개가 송아지를 낳았다'는 식으로 불법과 불능의 내용으로 판결문을 쓰지 말아 달라고 호소하였다.

그러자 행정소송 도중에 어느 법관이 원고에게 다음과 같이 충고하는 것을 들었다. "우리는 어느 쪽이 진실인지 거짓인지 모른다. 그러므로 판결문에는 원고나 피고의 말 중에 어느 한쪽의 말을 단순 옮겨만 주면 된다"는 것이었다. 이 말에는 그 옮겨진 내용(판결)이 불법이든 불능이든 모순이든 상관하지 않는다는 뜻이 포함된 것 아닌가?

독자는 이제 행정소송 중에 원고가 불법(不法)·불능(不能)의 사실이라고 목메어 불러도 소용없었던 이유를 알아차렸을 것이다.

그래서 나는 행정소송으로써는 절대 진실을 밝힐 수 없다고 생각하게 되어 다른 방법으로 민사법원에서 그 해결 방법을 찾아보게 되었다.

2) 공원경계확정측량은 하지 않고, 공원처분도면도 다시 정하지 않고

행정소송에서는 공원처분도면을 '1980. 5. 13. 팔공산도립공원구역도'이라고 하였다.

　　그러나 이 도면으로는 누구도 공원경계를 알 수 없었으므로 민사법원에 공원경계확정을 위한 소를 제기한 것이다. 과거에 민사법원에 공원경계확정청구의 소를 하였을 때는, 공원처분도면이 불명확이라 문제가 있다며 다시 정해서 오라는 뜻으로 행정소송으로 재배당하였다. 그런 경험을 하고도 원고는 그래도 민사법원이 정식관할이니 여기에 또 소를 제기한 것이다. 그런데 여기서도 법정 출두일이 몇 번 취소되는 일이 반복되다가 또 행정소송으로 재배당되었다는 것이다. 그리하여 3년 만에 민사법정이 아니라 행정소송 법정에 처음 출두하였는데, 그날 바로 변론이 종결되었다. 공원처분도면을 다시 정하지 않고 또 '각하'라고 하였다. 민사법원에서는 공원처분도면이 불명확도면이니 문제가 있다며 행정법원에 다시 재배당시켰고, 이곳 행정소송에서는 공원경계확정측량은 민사법 소관이라며 각하해 버린 것이다. 결국 또 다시 서로 미루기 판결만 하여 3년을 허비하게 한 것 아닌가?

　　공원도면은 아직 불명확한 상태 그대로 남아 있다.

3) '트레싱원도'가 과연 짝퉁(공원경계측량도)인지 진위여부?

　　그리하여 원고가 다시 생각해 본 결과는 비록 '트레싱원도'에 대해 행정소송에서 처분도면이 아니라고 판결하였지만, 그러나 처분도면의 짝퉁(공원경계측량도)이라는 핑계로라도 존재하는 한은, 공원결정처분도면은 영원히 유령도면의 상태에서 벗어날 수가 없어 보였다. 어찌하였든 그 짝퉁(공원경계측량도)이라는 핑계마저도 차단하여야만 하였다. 따라서 원고는 새로이 민사법원에 '트레싱원도'의 진위여부에 대한 소송을 제기하게 되었다.

*바르게, 아름답게, 정의롭게 사는 것은 결국 모두 똑같은 것이다.

- 소크라테스 -

2. '트레싱원도'에 대한 증서진위여부의 소

수원지방법원 2015가합6***증서진위여부 확인 (피고: 대한민국).

통상 사회에서는 법률관계를 증명하는 서면을 증서(文書, 圖畵)라고 말하고, 법률관계를 증명하지 않는 서면을 낙서(落書)라고 말한다.

[증서(證書): 어떤 사실이나 권리, 의무 관계를 증명하는 문서나 도화]
[낙서(落書): 글자, 그림 따위를 장난으로 아무 데나 함부로 씀]

아무튼 드디어 약 20년 만에 이 사건 다툼의 핵심인 '트레싱원도'의 실체(진짜 공원경계측량도인지? 가짜 공원경계측량도인지? 법률관계가 존재하지 않는 낙서인지?)에 대해 판결을 받게 되었다.

지금까지 판결문에서는 '트레싱원도'를 두고 증서인 것처럼 착각하도록 먼저 '팔공산도립공원경계측량도'라고 바꾸어 놓고 판결하였지만, 여기서는 객관성 있게 '별지1~2도면'이라고 적어놓고 판결하고 있다.

1) 아래의 대한민국(피고)의 답변서를 보면 태도가 명료하였다

스캔: 2016. 4. 20. 대한민국(피고) 준비서면에서

나. 석명사항에 대한 답변

1) 별지 1~2도면의 작성명의자는 국토지리정보원(구 국립지리원)이 아니라고 할 것입니다.

2) 별지 1~2도면은 국립지리원 고시 제1991-84호 관보에 첨부된 성과도면의 일부가 아니라고 할 것입니다.

앞서 본 살펴본 점을 고려하면 별지1~2도면의 작성명의자는 국토지리정보원이 아니며 공원경계를 정하는 데에 활용하기 위하여 팔공산 도립공원이 지형현황도 위에 지적을 병기하여 작성한 도면으로 보는 것이 타당합니다. 그렇 별지1~2도면은 국립지리원 고시 제1991-84호 관보에 첨부된 성과도면의 일부가 아니라는 점 역시 명확하다고 볼 수 있습니다.

스캔 : 2015. 9. 7. 대한민국(피고) 준비서면에서

그렇다면 위 팔공산도립공원의 공원경계확정은 구 공원법령에 따라 경상북 지사가 확정했던 것이고, 이 사건 고시는 위와 같이 팔공산도립공원경계측량도 상의 공공삼각점, 지형현황도에 대한 공공측량성과를 고시한 것일 뿐 공원경계선, 공원경계표주에 대한 내용을 전혀 포함하고 있지 아니하므로, 위 팔공산도립공원의 공원경계확정은 위 팔공산도립공원경계구역도에 따라 정해졌다 할 것입니다.

를 고시한 것이고, 고시된 측량성과의 제목인 '팔공산도립공원경계측량'은 경북도에서 실시한 공공측량 사업명을 이기한 것에 불과합니다. 즉 이 사건 고시는 공원경계표주 및 공원경계측량선과 무관하다 할 것입니다.

나) 다만 공공측량을 시행하여 작성된 일반적인 성과도면을 별지1~2도면과 대조하여 보면 별지1~2도면이 국립지리원 고시에 첨부된 성과도면이 아님을 간접적으로 확인할 수 있습니다. 공공측량을 통해 작성된 정상적인 지형현황도는 별지1~2도면과 달리 지번이 표시되어 있지 않고 등고선을 가로지르는 직선도 없음을 첨부된 증거자료를 통하여 확인할 수 있습니다(을 제9호증). 또한 2008구합3▨ 판결서에서 확인 할 수 있듯 별지1~2도면(팔공산도립공원구역 공원경계측량도)은 지형도 위에 1200분의 1 비율에 의한 지적도를 병기한 것으로, 이는 별지1~2도면은 공공측량의 성과도면이 사후에 ⟨재가공⟩ 된 도면임을 확인할 수 있는 판결이라 할 수 있습니다.

※ 2008구합3▨ 판결서 중 일부
 팔공산도립공원 경계측량도는 지형도인 팔공산도립공원구역도에 의하여 결정·고시된 팔공산도립공원의 경계를 측량법에 의하여 실지현황측량을 한 후 그 위에 1,200분의 1 비율에 의한 지적도의 지적을 병기한 것이다.

위 피고 답변서를 요약하면 별지1~2도면(트레싱원도)을 두고 아래와 같은 답변이다. 원고가 별도로 설명할 필요 없도록 명료하다.

① 별지1~2도면에서 '팔공산도립공원경계측량'이란 말은 사업명칭을 이기한 것에 불과하지 공원경계측량선과는 무관하다 할 것이다.

② 이 사건 고시는 공원경계선, 공원경계표주에 대한 내용을 전혀 포함하고 있지 아니하므로….

③ 정상적인 지형현황도는 지번이 표시되어 있지 않고 등고선을 가로지르는 직선도 없다. 별지1~2도면(트레싱원도)은 지적도가 병기되어 있는데 재가공(변조)된 것임을 확인할 수 있다.

④ 별지1~2도면(트레싱원도)의 작성명의자는 국립지리원이 아

니며 그리고 국립지리원고시 제84호(1991년)로 관보에 고시된 성과
도면의 일부가 아니라는 점 역시 명확하다고 볼 수 있다.

　측량법을 보면 측량성과도에는 반드시 작성자의 서명날인이 있
어야 하지만, 별지1~2도면(트레싱원도)에는 작성자서명·고시번호·심
사필 어느 것도 없었다. 그럼에도 불구하고 그동안 경상북도는 별
지1~2도면(트레싱원도)의 작성자를 국립지리원장으로 지목하여 왔지
만, 여기서 대한민국은 이를 부인하였다. 또한 고시된 도면도 아니
라고 하고 있다.

　　*진실은 불멸이요, 거짓은 필멸이다.

- M. 에디 -

2) 판결문 全文 (법률관계가 존재하는 증서가 아니므로 각하)

이　：　유

1. 본안전 항변에 관한 판단

　피고는 이 사건 소는 대상적격이 없거나 확인의 이익이 없어 부적법하다고 주장하므
로 살핀다.

　원고는 별지 제1, 2 도면에는 의하면 원고 소유의 토지가 공원에 포함되어 있는 것
처럼 표시되어 있으나 위 도면은 위조 또는 변조된 것이라는 취지의 주장을 하면서 국
립지리원고시 제84호로 고시한 측량도면이 아니라는 확인을 구하고 있으나, 증서의 진
정여부를 확인하는 소의 대상이 되는 서면은 직접 법률관계를 증명하는 서면에 한하
고, '법률관계를 증명하는 서면'이란 그 기재 내용으로부터 직접 일정한 현재의 법률관
계의 존부가 증명될 수 있는 서면을 말한다(대법원 2007. 6. 14. 선고 2005다29290,
29306 판결 등 참조)고 할 것인데, 위 문서는 팔공산도립공원 주변의 측량성과를 표시
한 것으로 그 기재 내용으로부터 직접 일정한 현재의 법률관계의 존부가 증명될 수 있
는 서면이 아니므로 이 사건 소는 확인의 이익이 없다.

위 판결문 내용을 보면, 증서의 진부(眞否, 진짜인지 가짜인지의 여부)를 확인하는 소송을 하려면 그 서면이 직접 법률관계를 증명하는 서면에 한하는데, 별지1~2도면(트레싱원도)에는 서면(書面)의 진정성(眞情性)을 책임질 작성명의자의 날인이 없으니, 그 기재 내용으로부터 직접 법률관계가 존재하는지? 존재하지 않는지? 를 밝힐 수 있는 서면(書面)이 아니라고 하였다. 즉 진짜증서(공원경계측량도)도 아니고 가짜증서(허위도화, 위조·변조도화)도 아니고, 어떤 사실을 증명하는 증서 자체가 아니므로, 증서진부의 소(訴)의 대상이 아니라는 것이다. 그저 팔공산도립공원 주변을 표시한 것으로 아무런 법률관계가 없는 단순한 지형 낙서라는 뜻이다.

3) 낙서라는 판결인데도 증서(공원경계측량도)인 것처럼 행사가능?

직전의 대구지방법원 2010구합16** 판결에서는 "국립지리원장이 별지1~2도면(트레싱원도, 팔공산도립공원경계측량도?)을 고시하였으므로, 이를 단순히 이기하여 2008. 12. 4. 공원계획고시를 만들었다"고 하였다.

그런데 여기 증서진부의 소에서는 별지1~2도면(트레싱원도)을 두고, 국립지리원장이 고시한 도면이 아니고 '법률 관계없음'(지형 낙서)이라고 판결을 하였으니, 그러면 '법률관계 없음'(지형 낙서)을 이기한 '2008. 12. 4. 공원계획고시의 첨부물'은 바로 무엇이 되는가?

그래도 계속 사용할 수 있는 것인가?

*너의 양심에 따라 행동하라   - 피히테 -

*모든 사람을 얼마 동안 속일 수는 있다. 또 몇 사람을 영원히 속일 수도 있다. 그러나 모든 사람을 영원히 속일 수는 없다.

- A.링컨 -

*진리와 허위가 맞붙어 논쟁하도록 하라. 누가 자유롭고 공개적인 대결에서 진리가 불리하게 된 일이 있는 것을 본 일이 있는가. 진리의 논박이 허위를 억제하는 최선의, 그리고 가장 확실한 방법이다.

- 존 밀턴(John Milton) -

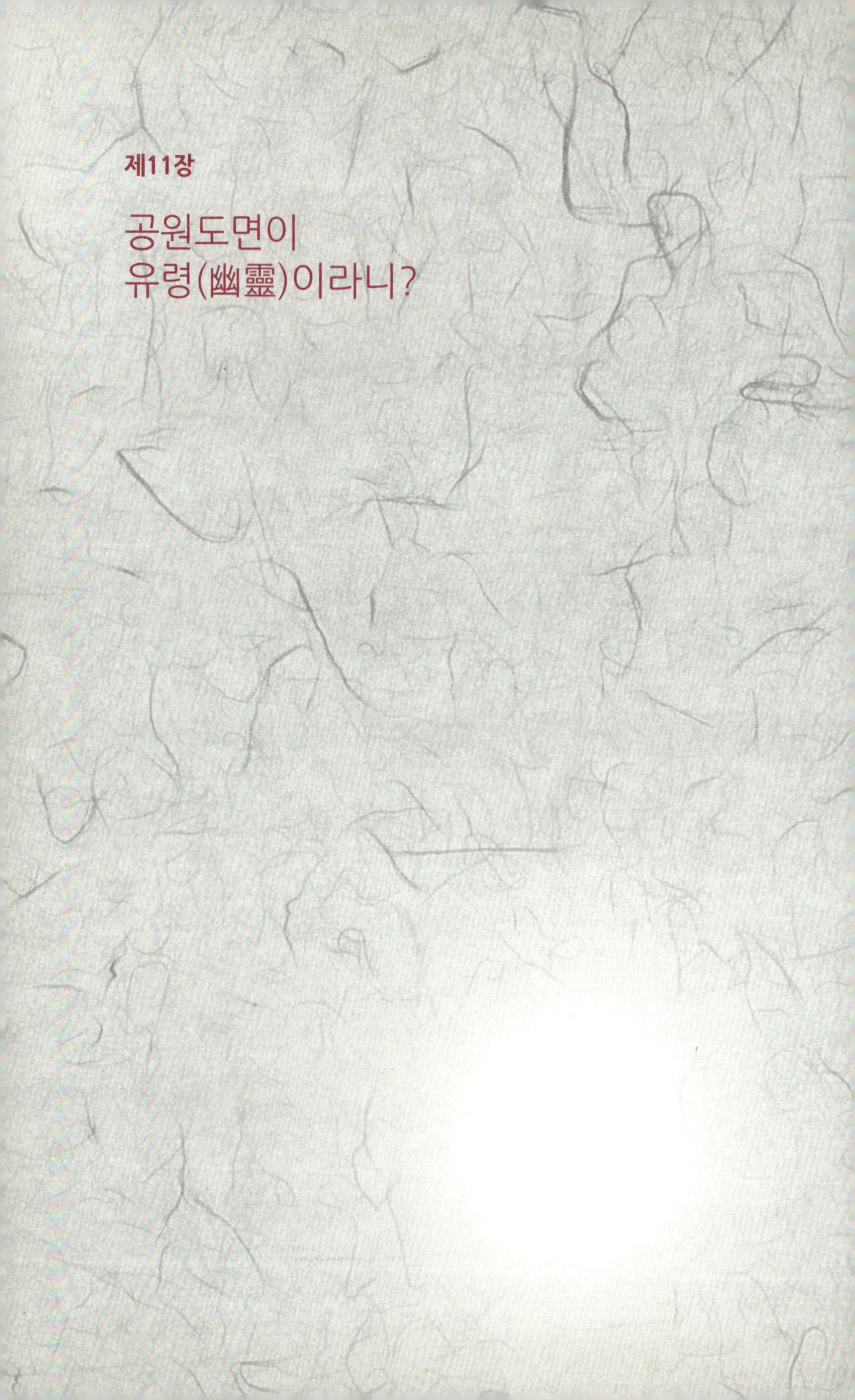

제11장

공원도면이
유령(幽靈)이라니?

공원도면이 유령(幽靈)이라니?

▲ 낙서를 두고 행한 2차례의 고시 위장사건은 모두 실패

경상북도는 지형 낙서(트레싱원도)를 두고 1차로는 국립지리원고시를 빙자하여 '처분'으로 위장하려 하였으나, 대구지방법원 2008구합3***에서 '非처분'이라고 판결하였으니 실패이었다. 그러자 2차로는 지형 낙서(트레싱원도)를 2008. 12. 4. 공원계획고시에 편승시켜 '처분'으로 승격시키려 하였으나 또 대구지방법원 201*구합16**에서 '非처분'이라고 판결하였으니 실패이었다. 그러므로 지금까지는 모두 단순히 영화 한 편 본 것으로만 생각하자. 낙서(트레싱원도)는 아직도 그대로 낙서로 남아 있다.

*참고를 추가하면, 공원도면을 언제까지 유령도면으로 둘 수는 없지 않은가? '트레싱원도'는 증서진부의 소에서 증서가 아니고 '법률관계 없음'(낙서)이라고 판결하였으니, 경상북도는 또 어떤 방법으로든 '트레싱원도'를 처분도면으로 승격시키려 할 것이다. 계속 先시행만 하고 있을 수는 없지 않는가? 우리는 그때 가서 다시 낙서(트레싱원도)를 만들 때 작도기(作圖器)에 의해서 임의로 그은 수백 미터에 달하는 수직선이 어떻게 공원경계선으로 둔갑되는지를 보자.

*그대는 무엇을 꾸미고자 하는가? 우리들은 먼저 허위의 탈을 벗어 던지지 않으면 안 된다. 진실은 허위를 벗어 던지면 저절로 나타나게 되어 있다. 따뜻한 봄이 오면 겨울옷을 벗어 던지듯이 그대의 허위의 탈을 벗어 던져라. 진리를 얘기하는 자리에 장식은 필요 없다.

- 마르셀 -

1.공원처분도면이 부존재하다니?

(경유)

제목 팔공산 도립공원에서 공원처분도면 행사여부 질의에 대한 회신

　　1. 평소 ▬▬ 에 관심을 가져주신 데에 대하여 감사드립니다.

　　2. ▬▬▬▬▬▬▬ (20▬.7.14.)호와 관련입니다.

　　3. 귀하께서 질의하신 『팔공산 도립공원에서 '공원처분도면' 행사여부 질의』에 대하여 다음과 같이 답변드립니다.

　　4. 앞서 위호로 회신한 바와 같이 귀하께서 언급하신 팔공산 도립공원 지정도면 (1980.5.13.)은 현재 부존재함을 알려드리며, 공원구역과 관련된 사항은 ▬▬▬ ▬▬▬ 로 문의하시기 바랍니다. 끝.

지금까지 행정소송 판결문에서는 '1980. 5. 13. 팔공산도립공원구역도'를 공원처분도면이라고 하였다. 그리하여 원고는 행정청에게 공원행정행위도 판결문을 따라서 공원처분도면에 의해 하라고 하였더니, 답변은 그 도면은 불명확을 넘어서서 현재 부존재한단다.

경상북도는 땅 높이를 흉내 낸 낙서(트레싱원도)를 행사하면서 귀매최이(**鬼魅最易**) 논법에 의해 공원처분도면의 짝퉁인 것처럼 말하기 위해서는, 차라리 공원처분도면이 없는 것이 낫다고 본 것 아닌가?

*鬼魅最易(귀매최이) 畫狗最難(화구최난)

　　귀신이나 도깨비는 형체가 눈앞에 보이지 않으니 그리기가 쉽고,
　　개나 말은 자주 보기 때문에 실제 모습과 똑같이 그려야 하므로
　　어렵다.

2. 일반상식으로 본 정상적인 공원

공원처분도면의 진실과 허실에 대해서 다시 한 번 살펴보자.

스캔: 1981. 5. 20. 경상북도고시 제115호 일부

3 . 公園区域劃定

行政区域		面 積	比 率	備 考
郡	面	(㎢)	(%)	
合	計	122,080	100.0	
軍威郡	計	(21,695)	17.8	自然 및 文化景観 優秀
	缶溪面	19,213	15.7	自然景観秀麗
	山城面	2,482	2.1	
達城郡	計	(30,593)	25.1	自然 및 文化景観集中地区
	公山面	30,593	25.1	

　　1981. 5. 20. 경상북도고시 제115호^(팔공산도립공원계획고시)에 첨부된 팔공산도립공원계획^(28P)을 보면 '3. 公園區域劃定'이란 표가 있다.

　　<u>군위군 21.695㎢, 대구광역시^(舊달성군공산면) 30.593㎢</u>가 적혀 있다.

　　위에서 보는 같이 팔공산도립공원은 하나로 출발하고 하나의 공원이지만, 나중에 행정구역의 분할로 인하여 지금 관리주체는 대구광역시팔공산자연공원과 경상북도팔공산도립공원으로 분리되어 관리되고 있다. 그런데 공원경계선이 불명확한 도면인데 서로 어떻게 공원관리를 하고 있을까?

　　여기 남쪽과 북쪽 2개 관리기관에서 행하는 방법을 비교하여 보자.

1) (대구광역시) 불명확도면을 버리고 공원대장을 작성하고

대구광역시(달성군)에서는 1981. 5. 13. 팔공산도립공원구역도는 한번 도 본적조차 없었다. 따라서 아래 대구광역시 회신공문을 보면 대구광역시(공원지정 당시는 경상북도 달성군)는 1981. 5. 20. 팔공산도립공원계획 고시를 기초로 자연공원법에 의해 공원대장을 작성하여 관리하고 있다고 한다. 따라서 대구광역시는 측량법으로 땅 높이를 측량하여 공원경계측량도를 만들었다는 불법을 말한 바 없다.

제   목 팔공산 자연공원 질의 회신

1. 평소 시정에 협조해 주신데 대하여 감사드립니다.

2. 귀하께서 질의하신 팔공산자연공원 계획결정 고시에 따른 공원경계 및 공원대장과 관련된 질의사항에 대하여 아래와 같이 회신하오니 참고하시고 계속 시정에 많이 협조하여 주시기 바랍니다.

가. 질의1)과 질의2)의 팔공산 자연공원 공원경계 및 공원대장에 대하여는 '81. 5. 20 경상북도에서 고시한(경북고시 제115호) 축척 50,000분지 1의 도면으로는 공원경계 부분의 개별토지에 대한 확인이 불명확하여 민원등 논란의 소지를 예방하기 위하여 '89년 우리시에서 축척 3,000분지 1의 지적도에 공원구역 경계선을 표시하여 도면과 공원대장을 작성하여 우리시와 동구청, 팔공산자연공원관리사무소에 보관 관리하고 있으며

팔 공 산 자 연 공 원 대 장

동 명	지 번	지 목	면 적	공원면적	보 호 구역면적	제 외 면 적	소 유 자 주 소	성 명	비 고
덕 곡	산 1	임야	70,612	66,170		4,442	송정동		
〃	산 2	〃	73.785	69,358		4,427	송정동	이	
〃	산 3	〃	92,430	1,770		90,660	검사동	김	
〃	산 20-1	〃	9,917	64		9,853	송정동	이	

2) (경상북도) 대구광역시와 달리 거꾸로 불명확한 도면으로 회귀

경상북도(군위군)도 초기는 1981. 5. 20. 팔공산도립공원계획결정고시를 기초로 즉 대구광역시와 똑같은 방법으로 공원대장을 만들어 공원행정을 하여 왔다. 그러나 지금은 공원대장을 버리고 아무도 본 바가 없는 이름만 존재하는 1980. 5. 13. 팔공산도립공원구역도(1/50,000)로 회귀(回歸: 본래의 자리로 돌아감)해 버렸다.

그러므로 대구광역시 팔공산도립공원과는 완전 반대 방향이다.

여기서 경상북도는 불명도면(1980. 5. 13. 팔공산도립공원구역도)을 행사하겠다는 뜻이 아니다. 그 보다 속마음은 공원도면이 불명도면이면 그 핑계로 가짜도면을 행사하기가 용이하다는 생각 때문일 것이다.

3) 대구광역시와 경상북도의 상반된 행위에 어느 쪽이 잘못인가?

왜 똑같은 공원에서 남쪽과 북쪽의 공원기준이 서로 다른가?

공원도면이 불명확하면 대구광역시와 같이 당시의 자연공원법 제44조에 의해 공원대장을 만들어 명확화(明確化) 하여야 되겠는가? 경상북도와 같이 기존 행사하고 있던 명확한 공원대장을 버리고 거꾸로 불명확한 도면으로 바꾸어야 되겠는가?

*우리가 눈감아 버리면 점점 크게 번져가는 것이 범죄의 속성이다.
- 배리파버 -

*최대의 과오는 과오를 보고서도 깨닫지 못하는 것이다.
- 토마스 칼라일 -

3. 대법원 판례로 본 팔공산도립공원에서 공원도면 확정시기

대법원[1993. 2. 9. 선고 92누5607 도시계획선지적고시등처분무효]에서의 판결취지를 팔공산도립공원의 경우로 의역(意譯)하여 보면….

(의역하여 본 판결요지)

㉮공원결정의 효력은 공원지정고시로 인하여 생기고 자연공원법 제44조에 의한 공원대장의 작성으로 생기는 것이 아니라고 할 것이나, 일반적으로 공원지정고시의 도면만으로는 구체적인 범위나 개별토지의 공원경계를 특정할 수 없으므로 결국 구체적, 개별적인 범위에 대한 도시계획결정의 효력발생 시기는 공원대장 작성**(자연공원법 제44조)**에 의한다.

㉯건설부 장관이 공원을 지정하고 공원관리청(관할 군수)이 자연공원법 절차에 의하여 공원대장을 만들어 경상북도지사에게 보고하고 시행하였다면, 개별토지에 관한 공원편입은 이 공원대장에 의하여 판단하여야 할 것이고, 공원대장이 잘못이 있다면 이를 경정하거나 변경하는 절차를 취할 것이지, 공원대장**(도면, 조서)**을 그대로 놓아두고 그와 다른 내용의 新공원대장**(도면·조서)**을 만들어 이로써 기존 공원대장에 우선하거나 갈음할 수 없다.

大法院94누3483, 大法院98두13195, 大法院99두11851도 같은 내용이다.

그런데도 불구하고 경상북도는 위 대법원 판례를 무시하고 2008. 12. 4.자로 지형 낙서**(非처분, 非증서)**를 기초로 하여 新공원대장(?)을 작성하고 이를 기초로 하여 공원행정을 하고 있다.

4. 낙서(落書)를 두고 공원도면이라고 하는 지록위마

①'○○측량도'일지라도 이를 첨부하여서는 민원발급 못하지만 참고로 법 상식 하나를 설명하고자 한다.

아래 판례를 보면 국가나 공공단체는 '지적도'나 '임야도' 등 법률행위(確定的)에 의해서 만든 도면에 의해서만 민원발급할 수 있다.

가령 아무개가 토지를 갖고 있다면 국가나 공공단체가 그 토지에 무단으로 들어와, 경계측량을 실시하여 '지적(임야)측량도'라는 것을 만들고는, 그 '지적(임야)측량도'를 첨부하여 민원발급할 수는 없다. 국가에게 그렇게 경계를 확정할 수 있는 행정처분권한이 없다는 것이다.

그러므로 우리나라 어디에 가도 항상 가변적(可變的)인 '○○측량도'에 의하여 민원발급하는 곳은 없다. 아래에 관련된 판례를 적어둔다.

☆대법원 1992. 5. 12. 선고 91다31180 판결

"그 소유권의 범위는 현실의 경계와 관련 없이 공부상의 경계에 의하여 확정되는 것이고, 지적공부가 아닌 분할측량원도에 의한 측량감정결과에 의하여 토지 소유권의 경계를 확정할 수는 없다."

☆대판 92누2325의 판결 요지

"공원지정처분은 결정된 도면의 공고로써 확정되는 것임은 토지 소유권의 범위가 임야도, 지적도에 의하여 확정되는 것과 다를 이치가 없고 국가나 공공단체에게 경계를 확정할 수 있는 행정처분권한이 법령상의 근거가 없다."

②더구나 낙서가 공원처분도면인 것처럼 행동할 수 있는가?

전항의 판결요지를 보면 짝퉁도면(사실행위, ○○○측량도)이 실제로 존재한다 할지라도 이를 기초하여서는 공원행정을 할 수가 없다. 그러므로 이 사건에서는 경상북도가 재판할 때마다 줄기차게 '1980. 5. 13. 팔공산도립공원구역도'를 공원처분도면이라고 주장하여 왔으니, 이제는 그 책임을 다하여야 한다. 즉 '1980. 5. 13. 팔공산도립공원구역도'를 첨부하고서만 공원행정행위를 할 수 있다.

그런데 경상북도는 지금 공원행정을 할 때 '트레싱원도'를 기초로 하고 있다. '트레싱원도'의 성격이 '○○측량도'일지라도 행정행위를 할 때 사용할 수 없는데, 더구나 본질은 아무런 법률관계가 없는 낙서이다.(수원지방법원 2015가합6***) 따라서 非정상(낙서)이 정상(증서, 처분)의 자리를 차지하고 있으니 주객이 완전 전도(顚倒)되어 있다.

*결단을 내리지 않는 것이야말로 최대의 해악이다.
- 프랑스 철학자 데카르트 -

*허위는 백년이 지나도 진실이 될 수 없다.
- 독일 속담 -

5. 그 후 유령도면에 의한 행정을 정상화하기 위해 재심청구

지금까지 판결에서 공원결정처분도면이라고 한 1980. 5. 13. 팔공산도립공원구역도는 초기 외에는 아무도 본 바가 없는 유령도면이다.

공원처분도면이 유령도면인데 어떻게 공원행정을 할 수 있다는 말인가? 그리하여 나는 과거 민사소송 도중에 어느 법관이 공원처분도면을 빨리 정하라고 한 것을 기억하고 정상적인 공원행정을 위해 재심을 청구하게 되었다. 언제까지 공원행정 담당자는 갸처분도면(가짜)이라고 판결 난 도면을 기초로 처분도면(진짜)인 듯이 행정행위를 계속하고 있어야만 되겠는가? 또한 불법을 계속 전수하여야만 하는 그 고충을 누구라도 한 번 생각해 본 적이 있는가? 아무튼 다시 재심을 한다면 공원처분도면으로 당시 자연공원법 제44조에 의해 만들고 공원관리청이 십여 년간 행사하여 왔던 공원대장과, 나중에 문서의 진정성을 책임질 작성명의인의 날인도 없이 만든 낙서(트레싱원도)와 둘 중에서 어느 쪽으로 결정되겠는가?

그러자 피고는 재심을 반대하게 된다. 피고가 답변서에서 공원도면이 불명확이든 유령이든 간에 아무도 처벌받은 자가 없으므로 재심의 요건이 아니라고 하자, 이 건은 각하되었다. 이럴 수가!

아무튼 원고는 피고가 원하는 재심 요건을 만들기 위해 행정 담당자를 허위공도화 작성 및 동행사로 고소하게 되었다. 결과는 다음 장에서 보자.

법(진리)보다 무서운 것이
강자의 마음

법(진리)보다 무서운 것이
강자의 마음

제12장

법(진리)보다 무서운 것이 강자의 마음

1. 언제까지 낙서(非처분, 非증서)만 행사할 것인가?

1) 먼저 낙서(트레싱원도)를 증서인 것처럼 행사한 자를 고소

나는 그 후 소송 도중에 '트레싱원도'(낙서)를 국립지리원에서 고시한 성과(증서)인 것처럼 행사한 피고 소송수행자를 허위도화 행사로 고소하였다. 그런데 수사의견은 '혐의 없음'으로 나왔다. 그래서 그 이유를 알기 위해 '허위도화'에 대한 정의를 조사하여 보았다. 요약하여 적는다.

★문서에 관한 죄에 있어서 증서가 되기 위한 중요한 요건 2가지
(증서: 어떤 사실이나 권리, 의무 관계를 증명하는 문서나 도화)
① 작성명의인이 있어야 한다.
② 구체적 사상(내용)의 표시가 있어야 한다.

여기서 보면 증서(문서, 도화)가 되기 위해서는 일단 문서의 진정성(眞情性)을 책임질 작성명의인의 표시가 있어야 하고 그다음에는 구체적 내용이 있어야 한다.

그리하여 먼저 증서의 범주에 들어가야, 그다음에 작성명의인과 내용의 진위여부(眞僞與否)를 보고 위조도면, 변조도면, 허위도면, 진짜도면으로 구분한다. 그 구분을 간단히 요약하면 아래와 같다.

*위조도면, 변조도면, 허위도면의 간단한 차이점

위조 : 작성권한이 없으면서 타인명의의 문서를 작성하는 것.

허위 : 작성권한이 있는 공무원이 허위내용을 기재하는 것.

변조 : 공무원이 작성한 문서를 타인이 고치는 행위.

(행사 : 위조·변조된 문서를 진정한 문서로 사용하는 것.)

따라서 증서가 되기 위한 조건이 위와 같으므로, 위의 수사의견에서는 '트레싱원도'에는 문서의 진정성을 책임질 작성명의인의 표시가 없으니 낙서일뿐이지 증서(허위도화)에 해당하지 않는다고 보아, 이를 행사한 자에 대해 허위도화 행사자로 처벌할 수 없다고 한 것 같다.

즉 경상북도 소송수행자가 과거 십여 년간 법정에서 답변서에서 낙서(트레싱원도)를 두고 증서(공원경계측량도)인 것처럼 행사한 것에 대해서 모두 무죄(?)라는 것이 된다. 요상한 것 아닌가?

그러면 앞으로도 계속 국가기관이 낙서를 만들고는 마치 처분도면(고시도면)인 것처럼 행사하여도 무죄라고 하여야 되는 것 아닌가? 아무튼 나는 다른 방법으로 고소를 하게 되었다.

2) 낙서를 기초로 가짜 공원도면을 만들고 행사한 자를 고소

이번에는 낙서(트레싱원도)를 직접 행사한 자가 아니라, 낙서(트레싱원도)를 기초로 새로이 짝퉁이나 짝·짝퉁을 만들고는 그 위에 작성자·작성일자·관인을 날인한 뒤 마치 공원처분도면인 듯이 행사한 자를 허위도화 행사로 고소하게 되었다. 아래에서 그 결과를 보자.

2. 非처분·非증서라고 판결한 판결문은 안 본다

수사관이 수사할 때 보통 다른 사건은 사실의 진위(眞僞, 진짜·가짜)에 대해서 아무 것도 모르는 상태에서 시작한다. 그런데 이 사건에서 고소인은 그러한 수고로움을 덜어 주기 위해, 어느 것이 진짜(처분, 증서)이고 어느 것이 가짜(非처분, 非증서)인지 확연히 구분해 놓은 판결문을 첨부하고서, 그 판결문을 이행하지 않는 자를 처벌하라고 한 것이다.

그런데 조사실에서 수사관은 대뜸 첫마디가 기존 판결문을 안 본다고 하였다. 그리고는 고소가 아니라 소송으로 가서 해결하라고 하였다.

'트레싱원도는 非처분·非증서이다'(가짜)라는 판결문을 안 본다고 말하면서, 또 다시 소송으로 가서 해결하라고 하니 이 얼마나 어폐가 있는가?

여기서도 이 말만으로도 법보다는 강자의 마음이 중요함을 그대로 보여준다. 이때 여러 번 항의하였지만 강자가 안 본다고 하는 대야…….

수사관이 진짜와 가짜를 구분해 놓은 기존의 처분존재여부(處分存在與否)에 대한 판결문과 증서진위여부(證書眞僞與否)에 대한 판결문을 며칠 동안 여러 번 읽어 본 결과의 결론으로 안 본다고 말한 것은, 결국 진짜를 가짜로 가짜를 진짜로 거꾸로 행사하겠다는 노골적인 통보가 아닌가?

이것이 이 세상에서 유령도면 행사가 계속 존속할 수 있는 이유, 즉 가짜(非처분, 非증서)가 진짜(처분, 증서)인 것처럼 군림할 수 있는 이유이다.

*진실을 알고서도 큰 소리로 말하지 않는 사람은 거짓말쟁이의
공범이 된다.

- 샤를페기 -

3. 검찰청에서 받아 본 불기소이유통지

스캔: 불기소이유통지서

■■■의견
팔공산도립공원경계측량도(S =1:1,200)가 허위도면이라는 명백한 증인, 증거
없고, 공무원이 상부 고시에 의거 ████████████████의 민원서류를 발급
하여 준 것에 대하여 허위공문서 행사죄의 범증 발견할 수 없다.

검찰청에서 작성한 불기소이유는 위와 같이 아주 간단하다.

따라서 수사기록은 일반인들에게는 결과만 있지 그 사유는 알기
어렵다.

위에서는 고소인이 고소한 문서(민원서류)가 아니라 그 문서(민원서류)
의 原도면에 해당하는 '트레싱원도'(팔공산도립공원경계측량도?)에 대해서만
간단히 언급이 나와 있다.

1)'트레싱원도'는 낙서라는 판결을 안 본다고 한 이유

종전 판결문(수원지방법원 2015가합6***, 증서진위여부)에서는 문서의 진정성
(眞情性)을 책임질 작성명의인의 표시가 없는 '트레싱원도'(팔공산도립공원
경계측량도?)에 대해서 "법률관계의 존부를 증명하는 증서가 아니다"(쟈

證書, 낙서)라고 판결한 바 있다. 그런데도 위 수사의견에서는 '트레싱원도'(낙서)의 성격을 그냥 소리 없이 불법으로 먼저 '팔공산도립공원경계측량도'(증서)라고 바꾸어 놓고 시작하고 있다. 그다음에는 "허위도면이라는 증인·증거 없고"라는 말을 살짝 추가하였는데 이 말은 맞다. 작성명의인의 표시가 없으니 허위도면(증서)이 아니고 낙서이기 때문이다. 그런데 그다음에 '상부 고시'라는 말을 추가하게 되니, 결국은 낙서가 갑자기 마치 처분도면(처분, 증서)인 것처럼 되어버렸다. 수사관이 '트레싱원도'(팔공산도립공원경계측량도?)는 낙서(非처분, 非증서)라고 한 판결문을 안 본다고 한 의도가 바로 드러난다

2)"상부 고시에 의거"라는 말로 어떤 고시가 존재하는 듯이 위장

수사관은 이 사건에서 공원처분도면을 언급할 수가 없었다. 피고소인이 위와 같이 처분이 존재하지 않는 낙서(트레싱원도, 팔공산도립공원경계측량도?)를 행사하였기 때문이다. 더구나 낙서(트레싱원도)의 명칭 (팔공산도립공원경계측량도)에는 '측량'이란 글자가 들어가 있었다. 즉 '측량'이란 말의 뜻은 원고의 권리·의무에 영향을 초래하지 않는 非처분(짝퉁, 가짜)을 뜻하기에, 비록 이름일지라도 드러낼 수가 없었다는 것이다. 그리하여 위에서는 막연히 '상부 고시에 의거'라고만 적어 무엇을 말함인지 아무도 모르도록 적었다. 그리하여 위의 수사결과에서 줄거리와 결론부를 비교하여 보면 허위도면을 두고는 위조도면으로 판정을 받은 사실이 없다는 평계를 달고는 동문서답으로 고시도면인 것처럼 취급하였고, 낙서를 두고는 허위도면이라는 명백한 증인, 증거 없다고 말장난을 하고는 고시도면인 것처럼 취급하

였으니 요상한 강자의 논리 아닌가? 마치 '강아지'를 두고 인형(人形)이라는 증인, 증거 없다고 말하고는 동문서답으로 '사람'으로 간주하는 것과 같은 꼴이다.

> *巧詐不如拙誠(교사불여졸성)
> 교묘한 속임수는 졸렬한 진실만 못한 법이다.
>
> — 한비자(韓非子) —

4. 낙서를 지록위마(指鹿爲馬)에 의해 공원도면으로 간주

하나의 공원에 기준이 여러 개가 될 수는 없다. 한 나라에 왕이 하나이듯이 어느 행정에서도 처분도면(기준)은 하나이다. 이 사건 행정소송 판결에서는 항상 '1980. 5. 13. 팔공산도립공원구역도'가 공원처분도면이라고 하였다. 그렇지만 위 불기소이유통지서에는 '非처분'과 '非증서'라고 판결 받은 '트레싱원도'(팔공산도립공원경계측량도?)를 공원처분도면인 것처럼 간주하고서는 피고소인에게 무혐의라고 하였다.

1) 아파치 부족과 같은 신세가 된 공원도면

1492년 콜럼버스는 신대륙 즉 아메리카를 발견했다. 신대륙?

이미 수천만의 원주민들이 살고 있던 땅이 신대륙에 해당될까?

미국 인디안(몽골리언 계통) 보호구역에서 "Avi"라는 호텔이름을 보았다.

다음은 미국 여행 중 가이드에게 단순 들은 말이다. 진실여부는 모른다.

인디안 말로 "Avi"는 우리말의 "아비"(아버지)와 뜻이 같다고 한다.

인디안들은 명사 뒤에 토씨(~가, ~는, ~를, ~다, ~로)를 쓰고, 태음력과 12간지와 60진법을 사용하고, 윷놀이 같은 풍습이 우리와 같단다. 인디안들은 처음에는 백인들의 정착을 도왔으나, 그 후 백인들이 점점 강해지자 이제는 거꾸로 인디안들이 가진 모든 것을 뺏었다고 하였다. 그 시기에 어느 원주민 마을에 노인과 부녀자와 어린아이만 남겨놓고 어른들은 일하러 나가면서 아들에게 마을 입구에서 보초를 서게 하였단다. 그런데 백인들이 쳐들어오자 어린 아들이 "아-빠-찌-"(아버지를 다급히 부르는 소리)라고 외치면서 뛰어 갔단다. 그러자 그 후 백인들은 그 인디안들을 보고 "아파치 부족"이라고 하였단다. 영어 알파벳으로는 '빠', '찌'라는 발음을 표기할 수 없었기 때문이겠지.

아무튼 그 뒤 아메리카 땅의 주인이 인디안에서 강자인 백인으로 바뀌었다. 그 과정에서 많은 사람들이 노예로 끌려가고 학살당했다.

아메리카 대륙에서 원주민이 총 앞에서 쫓겨났듯이, 이 사건도 법에 의해서 만든 공원도면(1981. 5. 20. 팔공산도립공원계획결정기본고시, 당시 자연공원법제44조 공원대장)이 강자의 힘 앞에서 쫓겨나고, 대신에 그 자리를 지형 낙서(트레싱원도)가 차지하고 있다.

　　*진실을 말하는데 겸손한 것은 위선이다.　　　　　　　- 칼릴지 -

2) 낙서에 반기를 들면 지록위마(指鹿爲馬)의 조고처럼 처벌

수사관이 팔공산도립공원에서 공원도면을 유령의 상태에서 벗어날 수 있도록 하는 재심의 기회를 박탈하였으니, 공원도면은 향후도 계속 유령의 상태로 남아 있을 것이다. 그러므로 경상북도는 앞으로도 낙서(트레싱원도) 혹은 그 낙서의 짝퉁(2008. 12. 4. 공원계획고시·첨부물)을 공원처분도면이라고 하며 공원행정을 계속할 것이다.

그러면서 이들 낙서를 위반하면 낙서법(?) 위반이 아니라 자연공원법 위반으로 처벌할 테니, 도대체 무어라고 말해야 상황이 맞을 것인가?

3)유권무죄(有權無罪)?

유권무죄는 '권력자는 죄를 지어도 벌을 받지 않는다'는 말이다.

법(法)의 두 가지 기능은 공동체의 질서 유지와 그것을 통한 구성원의 권리 보호인데 정의(正義)가 근간이라고 한다. 적용이 평등하여야 하고, 판단에 차별이 없어야 하고, 적용이 옳아야 한다는 것이다.

그러나 오랜 소송을 하면서 느낀 점은 강자가 준비서면이나 판결문에서 문서를 변조하거나 본질을 바꿔치기하거나 거짓말과 어불성설로 마음대로 장난칠 수 있는 것은, 그 내용이 공개되지도 않지만 그보다 공개되어도 처벌할 사람이 없기 때문이라고 생각한다.

공원도면이 유령인데 20년간이나 가짜도면을 행사하여도 처벌받은 한 사람도 없다는 것은 신기한 것 아닌가?

수사관도 상급 강자와의 사이에 어떤 말 못할 사정이 숨어 있겠지… 그러나 국가 수사기관의 기본적 의무는 사회에서 국민의 생명

과 신체 및 재산이라는 근본적인 법익 보호를 위해, 강자가 가진 특
권을 왜곡·남용하지 않도록 하여 갈등을 부추기지 않도록 하는 것
일 것이다. 그렇다면 공정한 시장질서를 교란시키거나 무너뜨리는
일에 너무 오랜 기간을 동조하여서는 아니 될 것 아닌가?

*정의가 없는 나라는 강도 집단과 뭐가 다른가?
- 토마스 아퀴나스 -

*진실은 그 어떤 시련도 두려워하지 않는다.

- 토마스 풀러 -

*침묵을 당하는 모든 진실은 독이 된다.

- 니체 -

*죄는 처음에는 손님이다.
　그러나 그대로 두면 손님이 그 집 주인이 되어버린다
- 탈무드 -

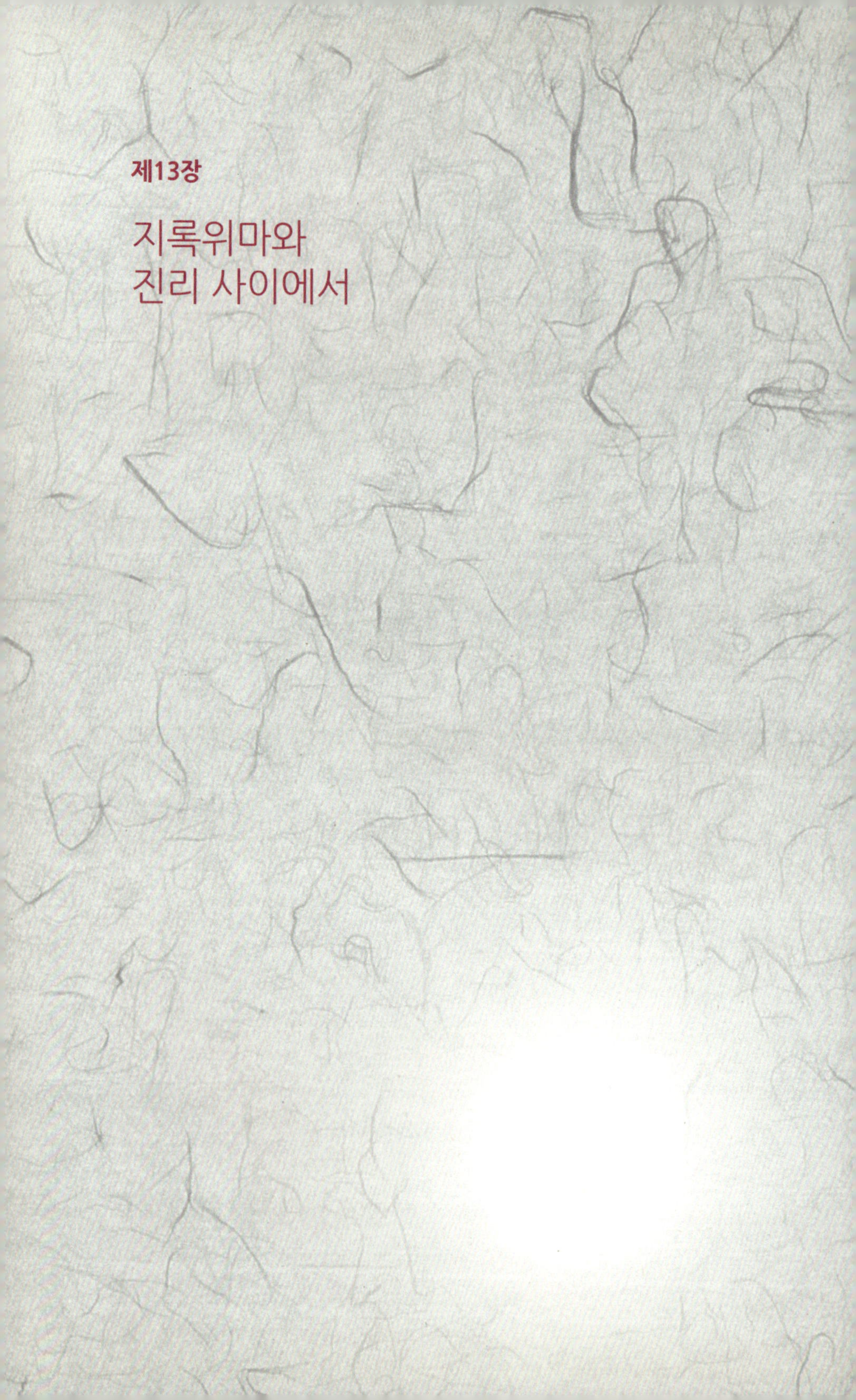

제13장

지록위마와
진리 사이에서

지록위마와 진리 사이에서

1. 재판에서는 강자가 행하는 증빙의 변조를 막을 수 없었다.

이 사건을 통해 우리는 강자를 위해서는 증빙이 판결문에 적히는 과정에서 본질이 바뀌는 즉 지록위마(指鹿爲馬)를 많이 경험하였다. '땅 높이 측량⇒공원경계선 측량', '위치도⇒공원도면', '지형현황도 고시⇒공원경계측량도 고시', '낙서⇒증서(공원경계측량도)', '축소변경'⇒'축소·변경', '공원구역 변경 ⇒공원구역 동일' 등 그 예를 많이 보았을 것이다.

그렇지만 나는 20년이 걸려도 강자의, 강자에 의한, 강자를 위한 증빙의 변조를 막을 수가 없었다. 즉 "측량법으로 땅 높이를 측량하니 공원경계측량도가 나오더라(진돗개가 출산하니 송아지가 나오더라는 형태)"고 하는 모순을 고칠 수가 없었다.

그러므로 나는 과거에는 "법을 집행하는 자가 가장 엄격하게 법을 지켜야 한다"(晉 나라 문공 때의 법관인 이리)고 한 바와 같이, 법을 가장 잘 지키는 사람은 법을 잘 아는 법조계에 종사하는 사람으로 알았지만, 그러나 지금은 사회와 인간의 본성을 너무 몰랐다는 것을 느낀다.

이제는 법원이나 국가기관 근처에 가면 두렵다.

법이 아니라 강자가 행하는 변조와 탈법이 두렵다.

*진리의 신에 대한 충성은 다른 모든 것에 대한 충성보다 낫다.
- 간디 -

2. 법·판결문은 강자가 지키는 것 아니다

1) 어렵게 판결문이 나와도 아무도 이행하지 않았다.

공원담당자는 과거 질의회신을 하면서, 그동안 판결문에서 공원 처분도면이라고 적어온 '1980. 5. 13. 팔공산도립공원구역도'는 부존 재한다고 답변한 바 있다(**제11장 참조**). 그리하여 나는 그 후 여기서 문 의하라고 한 부서로 가짜도면 행사 중지를 요청하여 보았다.

스캔: 경상북도 관련 부서 민원회신

제목   민원회신(제2018-███호)

1. 귀 댁의 건강과 화목이 함께 하시길 기원합니다.

2. 귀하께서 우리 道에 서신으로 제기하신 「팔공산도립공원 가짜도면 행사 중지 관련 진정」건에 대하여는 「민원처리에 관한 법률」 제21조에 따라 '판결 등에 따라 확정 된 권리관계'로 민원처리 예외에 해당하오니 양해하여 주시기 바랍니다. 끝.

그런데 여기 답변에서는 '팔공산도립공원 가짜도면 행사 중지'에 대한 반론이 없다. 단순히 '판결 등에 따라 확정된 권리관계'(처분 도면)라며 민원처리 예외에 해당한단다. 그리하여 누가 보아도 외 관만 보면 공원처분도면이 유령도면이 아니고 실제로 존재하고 또 사용하고 있는 것처럼 말장난을 하고 있다.

즉 가짜도면의 사용을 철저히 숨기고 있다는 것이다.

*드러나지만 않으면 부끄럽게 생각하지 않는다. — 논어 —

2) 그 세상 이치를 배우는데 20년이나 걸렸다.

스캔 : 20여년 전 내용증명 우편 질의서

수　신;경상북도지사(대구광역시 북구 산격동 1443-5)　　　　　　1997. 10. 13
발　신;
제　목;팔공산도립공원에 대한 질의
　　　　1. 귀도의 무궁한 발전을 기원합니다.
　　　　2. 신문지상이나 실제 행정처분 등을 보면 군위군의 경우 1997년7월16일부터 공원결정도면으로 1:1,200 지형도를 사용하고 있는 것으로 알려지고 있습니다.1:1,200 지형도에 대한 국립지리원의 고시는 지형도의 고시일 뿐이지 공원경계측량이 아니라고 한바 있습니다.(첨부1)
여기 국립지리원의 고시에는 발주자가 임의로 붙인 사업(통칭)명을 (　)안에 넣었습니다.이 (　)안의 사항은 측량법과는 전혀 무관하기에 (　)의 표시를 벗어날 수 없었습니다.(첨부2)

어떠한 형태이든 관할군에서 시행하고 있는 1:1,200 지형도에 등고선을 공원경계로 간주토록한 불법사항을 즉시 중지시켜 주시고 관할군에 배포된 1:1,200 지형도는 회수해 주시기 바랍니다.도면을 만드는 것은 자유입니다. 고시난 지형도에 경계선을 표시하는 것은 자유가 됩니다.그러나 불법도면(허위공문서)을 경계측량으로 위장하여 배포·시행토록 하는 것은 죄가 됩니다.이것은 행정소송 사항과는 별개의 사항입니다.
첨　　부:1. 국립지리원 측지 58251-808 민원회신(1997. 8. 11) 1부.
　　　　2. 국립지리원 측지 58250-980 질의회신(1997. 9. 25초예)부
　　　　3. 관보 1부

대구성서35우체국장

그러나 위의 질의서(내용증명우편)를 보면 경상북도는 실상은 불법도면을 20년 전부터 사용하여 왔음을 알 수 있을 것이다. 원도면이 아니고 가짜(짝퉁, 경계측량도)를 보증하는 고시가 세상 어디에 있으며, 설령 있다고 하여도 어떻게 가짜(짝퉁, 경계측량도)의 이름으로 행정행위를 할 수가 있다는 말인가? 아무튼 나는 소송 중에 그렇게 당하면서도 '트레싱원도'(팔공산도립공원경계측량도?)에 대해 '非처분' 혹은 '非증서'라는

판결문을 받으면, 피고는 공신력을 생명으로 하는 국가기관이니 만큼 판결문만은 지킬 줄 알았다. 그러나 착오였다.

결국 '법과 판결문은 국가기관이 지키는 것 아니다'는 그 세상 이치를 배우는데 소송으로 20년이나 걸린 셈이다.

3. 이 사건은 현대판 '벌거벗은 임금님' 이야기

1) 안데르센의 '벌거벗은 임금님' 이야기가 남겨준 마음과 진실

우리가 어렸을 때 읽었던 동화책에 '벌거벗은 임금님'이라는 안데르센의 단편작이 있다.

어느 왕국에 새 옷을 좋아하는 호화로운 임금님이 살고 있었다.

어느 날 거짓말쟁이 재봉사와 친구가 찾아와서는 세상에서 가장 멋진 옷을 만들어 주겠다고 제안을 한다. 이들이 지어준 옷은 "눈에 보이지 않는 옷"이었다. 옷은 실제로는 아무것도 없는 옷이었다.

마음이 악한 자의 눈에는 옷감이 보이지 않는다는 재봉사의 말에 옆에 있는 시종도 다른 모든 사람들도, 벌거벗은 임금님을 보면서도 자신의 어리석음이 탄로날까봐 차마 보이는 대로 얘기를 하지 못하고 마치 옷감이 있는 것처럼 거짓말을 한다. 임금님 역시 옷이 안 보이긴 마찬가지이었지만. 자신의 어리석음을 숨기기 위해서 옷이 보이는 척하였다. 결국 임금님은 거짓말쟁이 재봉사들이 만든 옷을 입고 거리 행진을 하게 되고, 모든 이들의 눈에 옷은 보이지 않지만 자기들도 멍청이가 되고 싶지 않아 차마 말을 꺼내지 못했는데, 그 모습을 본 천진한 아이의 한마디, "임금님이 벌거벗었다!"라고 소리치자 그 자리에 있던 사람들과 임금님은 그제야 재봉사에게 속은 것을 알게 된다.

▶ **거짓으로 돌아가는 세상**

이 이야기는 우리 모두 진실을 보고 있지만, 아무도 진실을 말하려고 하지 않는다는 것이다. 왕도 신하들도 모두 자신의 지위와 불이익에 대한 두려움을 먼저 생각하기에 끊임없이 거짓을 말하고 행하는 것이 우리가 사는 세상의 속성이라는 것이다.

2) 유령도면은 현대판 '벌거벗은 임금님'

이 사건은 어려운 법도 아니고 세상에 기적이 있는 것도 아니다. 한마디로 말하면 현대판 벌거벗은 임금님 이야기이다.

▶ **투명 옷이나 유령도면이나**

강자가 마음으로만 판단하여 멀쩡한 공원대장은 버리고 대신 보이지 않는 도면을 공원도면으로 내세워 놓고는, 공원경계선이 보이지 않는데도 벌거벗은 임금님과 그 신하들처럼 모두가 공원도면이 잘 보이는 듯이 거리를 활보하며 공원행정을 하고 있으니, 위 벌거벗은 임금님 이야기와 무엇이 다른가?

▶ **투명하여 보이지 않는 '공원경계선'이란 글자**

공원경계선에 대해서 처분(고시)을 할 수 있는 법은 자연공원법

뿐이다.

그런데 이 사건에서는 측량법으로 국립지리원고시 제84호(1991년)에 의해 공원경계측량도를 고시하였다고 말하고 있다. 그렇지만 그 고시 내용에는 공원경계선에 대한 언급이 일체 없다. 그런데도 모두가 국립지리원고시 제84호 고시문에 '공원경계선'에 대한 언급이 존재하는 듯이 맞장구를 치고 있으니 이는 벌거벗은 임금님 이야기와 무엇이 다른가.

▶ 국립지리원고시 제84호로 고시한 도면은 부존재하는데

국립지리원고시 제84호의 도면(지형현황도)은 1997년경에 공식적으로 폐기되어 부존재한다. 그런데도 불구하고 판결문 등에서는 작성명의인의 표시가 없는 낙서(트레싱원도)를 두고, 측량기술자의 날인이 있는 듯이 그리고 국립지리원고시 제84호로 고시한 도면인 듯이 말하고 있으니, 투명 옷을 보고 비단옷인 것처럼 말하는 것과 무엇이 다른가.

4. 지록위마를 보더라도 진정·행정소송·고소 삼가라

독자는 그 동안 국가기관이 오랜 기간을 상식을 초월하며 행하는 과감한 불법과 기상천외한 어불성설을 많이도 보았을 것이다. 그럼에도 불구하고 향후 진정·행정소송·고소를 생각하고 있는가?

국민의식 조사에서 응답자의 다수가 "돈과 권력이 많으면 법을

위반해도 처벌을 받지 않는다"라는 대답이란다. 따라서 우리 사회에서 분쟁을 해결하기 위한 수단으로 *法*을 꼽은 응답자는 과반이 안 된다고 한다.

1) 부패를 보고 부패방지위원회 등에 진정해도 의미 없다

스캔: 부패방지위원회 진정사항 처리결과 통지

제   목   진정사항 처리결과 통지

　　1. 우리 위원회는 부패없는 깨끗한 사회를 건설하기 위하여 최선을 다하고 있습니다.

　　2. 귀하께서 200██████ 우리 위원회에 제출하신 진정사항(200██진정 6██호)은 관련기관인 경상북도에서 조사 처리한 후, 그 처리결과를 귀하에게 알려주도록 하였습니다..

　　3. 귀하의 변함없는 성원과 협조를 부탁드리며 가정에 건강과 행운이 함께 하기를 기원합니다. 끝.

나는 위 내용을 국가 여러 기관에게 진정한 적이 있다.

그런데 그들은 모두 그 서류를 다시 경상북도로 보내어 버렸다.

초록은 동색, 가재는 게 편이었다.

그러자 경상북도의 회신은 또 "공원도면이 불명확이라서 땅 높이를 측량하니 공원경계선이 나오더라"는 동문서답의 내용이었다.

2) 불법·불능·모순을 보더라도 행정소송 삼가라

나는 처음에 경상북도가 단순히 '공원경계측량도'를 만들었다고 하였으면 소송을 시작하지 않았을 것이다. 그런데 이 사건은 "땅 높이 측량으로 공원경계선을 찾아서 고시하였다"('진돗개가 송아지를 낳았다는 꼴)고 하니 행정소송을 한 것이다. 이는 할 수 없는 불능사실이니 자체 내에 모순과 허위가 들어있기 때문이다. 더구나 그 허위를 방조하기 위해 공원처분도면을 아예 아무도 지킬 수 없도록 불명도면(유령도면)에서 선정하는 판결문 또 세상 어디에 존재할 수가 있겠는가?

그러나 행정소송으로는 아무리 증빙을 제출하고 20년을 허위라고 목 놓아 불러도 판관이 듣지 않으면 그만이었다. 불능이든지 모순이든지 그런 것은 상관없었다. 강자만 의식하기 때문일 것이다.

아무쪼록 독자들은 불법·불능·모순의 판결문을 만들기 위해 오랜 세월을 소송으로 소모하지 않기를 바란다.

*인생의 의의는 거짓을 미워하며 진실을 사랑하는 데 있다.
- 로버트 브라우닝 -

3) 상대가 강자라면 판결문을 갖고 고소해도 의미 없다

공원도면이 부존재인데 어떻게 정상적인 공원행정이 가능한가? 그동안 준비서면에는 책 한 권이 나올 정도로 변조가 많았다.

따라서 지난 세월 위와 같은 말을 하는 소송수행자나 공원 담당자를 여러 번 고소하였지만, 수사기관은 한 번도 처벌하는 꼴을 못 보았다. 수사의견은 말장난만으로 어렵게 적고 변죽만 울릴 뿐 핵심은 항상 동문서답이었다. 나중에는 '트레싱원도'에 대해 어렵게 '非처분· 非증서'라는 판결문을 받고는 이 판결문을 첨부하고서, 이 '트레싱원도' (非처분· 非증서)를 마치 처분도면인 것처럼 부정행사하는 자를 고소도 하여 보았지만, 수사관이 그 판결문마저도 거꾸로 읽고 행사하면 그만이었다. 상대가 국가기관일 때는 처벌할 기관이 없었다. 그런데 왜 고소를 하려는가? 포청천은 TV에 나오는 것이지 현실세계에 존재하는 것이 아니다. 나는 미련하여 유령도면을 쫓아다니며 강자무법(?)을 배우는데 오랜 시간이 걸렸지만, 독자는 이러한 우를 범하지 않기를 바란다. 세속에서는 법이나 정의를 지키려는 사람 즉 지록위마(指鹿爲馬)에 반기를 드는 사람이 약자라는 이유로 거꾸로 처벌 받을 수 있는 현실을 유념해 주기를 바란다.

*국가는 시민의 하인이지 주인이 아니다.

- JF케네디 -

5. 마음에 의한 판단과 진리에 의한 판단

사람은 태어날 때는 동물과 같이 마음(성질, 탐욕, 두려움)에만 충성하지만, 자라면서 경험하면서 점차 멀리보고 진리(본질)에 충성할 줄 아는 상태로 바뀌어 가게 된다. 그런데 그렇게 되기까지는 그동안 시행착오를 여러 번 많이도 경험하여야 될 것이다.

1) 성동격서(聲東擊西)로 상대의 마음을 교란시키는 세상을 살면서

세상에서는 매사 나의 마음(성질, 탐욕)대로 되지 않음을 느끼기 위해서는 경험이 최고라고 생각한다. 그러므로 되도록이면 어릴 때부터 사회를 많이 경험하는 것이 좋다. 그런데 그러한 경험 쌓기가 여러가지 사정으로 여의치 않다면 상대가 있어 머리를 써야만 하는 운동**(축구, 배구, 탁구, 테니스 등)**도 좋다고 생각한다.

테니스의 예로 보면 내가 공을 길게 보내다 보면 상대는 점점 뒤로 물러서게 될 것이고, 그 때 나는 갑자기 공을 짧게 보낸다. 축구라면 오른 쪽을 보고 막 달려가다가 상대도 그 쪽으로 방향을 틀면 나는 실제로는 왼쪽으로 공을 차 넣는다. 즉 상대를 성동격서**(聲東擊西: 동쪽에서 소리를 내고 서쪽을 공격한다)**로 속이는 것이다. 그러므로 경기를 할 때는 "마음이 가는 쪽이 아니라 공**(본질)**을 끝까지 보라"는 말이 있다.

세상살이 마찬가지라고 생각한다.

2) 마음 중에 일체유심조와 확증편향이란?

일체유심조(一切唯心造: 마음이 모든 것을 지어낸다는 뜻)

내가 20세 때 한창 희망이 넘치던 시기의 가을에 친구들과 해인사에 갔다. 그런데 햇빛에 비쳐오는 단풍이 그렇게 오색찬란하고 예쁠 수가 있나? 꼭 천국에 온 것 같았다. 그러다가 40세 때 직장에서 머리 아픈 날이 많아 또 다시 옛날을 회상하며 이제는 혼자서 해인사를 찾아 갔다. 그런데 낙엽을 보니 왜 그리 생의 종말을 보는 것처럼 슬플 수가 있나? 그 나뭇잎은 옛날이나 지금이나 변함이 없는데 옛날에는 아름다운 단풍으로 보였고 지금은 생의 마지막을 고하는 쓸쓸한 낙엽으로 보이고 있으니 어찌 이럴 수가 있나? 위와 같이 외부 사실**(진리)**은 꼭 같은데도 나의 판단이 그 당시의 환경**(탐욕, 두려움)**이 만들어 내는 허상**(환상)**에 따라 바뀌는 것을 두고 일체유심조라고 한다.

그런데 불교신자들에게 "왜 돌부처를 보고 돌이라고 하지 않고 부처라고 하느냐?(산을 물이라고 하느냐?)"고 물으면, 대부분의 신도들은 "내 마음인 것을 요"라고 말한다. 일체유심조(一切唯心造)라는 것이다. 그리고는 옆에서 아무리 진리(본질, 법, 참, 사실)는 말해도 들으려 하지 않는다. 오직 내가 믿고 싶은 마음(환상)만 믿겠다는 것이다.

이러한 경향을 심리학적으로는 "확증편향"이라고 말한다.

확증편향(確證偏向)은 원래 가지고 있는 생각이나 신념을 확인하려는 경향성이다. 판단하는 사람이 무의식적으로 그들의 주장(신념, 생각)을 확증하는 증거에 부합하는 정보에만 주목하고 그 외의 정보는 무시하는 사고방식이다. 간단히 말하면 "보고 싶은 것만 보는 것"을 말한다.

현자가 어리석은 사람을 이길 수 없는 이유는 이 확증편향 때문이다.

누가 자기 부인의 금전문제에 문제가 있음을 알려 주어도 부인의 핑계만 듣고 있는 것이나, 자녀들이 거꾸로 가고 있어 미래의 징조가 보이는 데도 "입으로 쫓으면 그렇게 된다"는 등을 말하며, 안일하게 낙관만 하고 있는 것은 모두 바탕에는 "믿고 싶다"는 마음이 깔려있기 때문이다.

그런데 누구든 어떤 확증편향의 프레임(올가미, 색안경)에만 갇혀 있으면 결국은 그에 상당한 시련(業報)을 맞이하게 된다. 임진왜란 징후도 진주만 공습도 모두 감지되었지만 모두 믿고 싶은 쪽으로만 믿고 있다가 혹독한 시련을 당하게 된 것이다. 그러므로 우리는 평소에 매사 믿고 싶은 쪽이 아니라 본질을 볼 줄 아는 습관을 길러두어야 할 것이다.

모두가 빠데미장(북한용어, 속은 변변치 않으면서 겉만 번지르르하게 꾸미는 것)으로 진실을 감추려는 세상을 살아가면서 슬기롭게 이를 대처하기 위함이다.

3) 육체가 가진 눈과 지혜의 눈

지금 세상에는 일체유심조(마음이 모든 것을 지어낸다)라고 말하며, '하늘은 땅이고 산은 물이다'라고 하는 사람들이 많이 있다. 따라서 내가 제사 때 한지에 "0000신위"라고 지방을 쓰면 그 한지가 갑자기 귀신인 것처럼 되어 버리듯이, 사람들은 석공이 돌로 불상(佛像)을 만든 뒤 이마 한가운데에 보석을 박으면 그 순간부터 '부처님(석가모니? 神?)'이라고 말한다. 이와 같은 환경(환상)에 의한 판단은 사실은 머리(진리, 법, 사실)로는 알고 있어도 실제 생활에서는 무의식적으로 마음이 먼저 반응해 버리기 때문이다.

그런데 불상(佛像)의 이마 가운데에 있는 보석의 원래의 의미는, 세상을 마음(탐욕, 두려움, 환경)으로만 바라보는 육체가 가진 눈과는 달리, 깨우친 사람만이 가지고 있는 진리를 볼 줄 아는 제3(지혜)의 눈이라고 한다.

환경(환상)이 아니라 사실(진리)을 볼 수 있는 지혜안(智慧眼), 이를 위해서는 수많은 경험 즉 시련(담글질)이 있어야 할 것이다.

心到無心始乃明(불교)이라! 아무튼 나는 누구나 마음(탐욕, 두려움, 분노)을 완전히 비우면 즉 극기(克己: 자기의 감정이나 욕심 따위를 이성적인 의지로써 눌러 이

김)를 할 수 있으면 진리(법, 본질)를 볼 수 있다고 생각한다.

*탐욕스러운 사람은 법을 보지 못하고 어리석은 사람도 그러하다.
탐욕을 버리고 어리석음을 떠난 사람은 가장 존귀한 복을 받는다.

- 법구경 분노품 -

*자아를 부인하는 사람에게만 진리의 가르침이 보인다.

- 탈무드 -

4) 성철스님의 가르침을 따라서

성철스님에 관한 이야기로 가벼운 소설을 하나 보탤까 한다.

성철스님이 가야산 산속에서 허구한 날 보니 사람들이 돌부처(石佛) 앞에서 절을 하고 간절하게 복을 빌고 있지 않은가? 그것을 본 스님은 그들에게 사람이 만든 돌부처(石佛) 앞에서 빌기만 하지 말고, 집에 가서 근면성실과 사랑으로 복을 짓는 행위를 많이 하라고 진리를 말하고 싶었다. 즉 마음(환상)에 의한 기복(祈福, 僥倖)보다는 진리에 기초하여 덕행(德行, 業報, 代價)을 먼저 행하라고 가르치고 싶었다는 것이다.

그래서 스님은 마음(욕심, 두려움)이 아니라 진리(본질)로 보면 돌계단이나 돌부처나 돌은 돌이라고 먼저 말하고 싶었지만, 그러나 그렇게 말하면 다른 스님들한테 쫓겨날 수 있는 처지인데, 어찌 그런 말을 함부로 할 수 있겠는가? 그리하여 스님은 휘둘러 "산은 산이요

물은 물이로다"고 하였을 것이다.

위의 이야기를 역설적으로 말하면 세상 일반 사람들은 진실(법과 사실)이 아니라 마음(환경, 탐욕, 두려움, 환상)으로 먼저 보고 판단하여 산을 물이라고 알고 살아간다는 것이 된다. 따라서 이 사건에서도 얼마나 많은 강자가, 법과 사실을 무시하고 마음에 의해 불법·불능·모순으로 점철된 현대판 벌거벗은 임금님 이야기를 만들어 내는지를 보았을 것이다.

그렇지만 나는 그래도 고지식한 스님들을 따라 말하련다.

"불명도면은 불명도면이고 낙서는 낙서이다." 라고⋯.

*하늘은 하늘이고 땅은 땅이라, 어찌 일찍이 뒤바뀌리오.
물과 물, 산과 산이 각각 완연함이로다.

　　　　　　　　　　　　　　　　　　　- 함허(涵虛) 스님 -

*심판이 끝나도 진실은 진실이다.

　　　　　　　　　　　　　　　　　　　- 윌리엄 셰익스피어 -

*진정한 종교는 참되게 사는 것이다.
자신의 혼신을 다해, 자신이 가진 모든 선함과 정의로움을 바쳐 사는 것이 진정한 종교다.

　　　　　　　　　　　　　　　　　　　- 알버트 아인슈타인 -

後 記

1. AI 판사만이 마음이 아니라 진리(법)에 충성할 수 있다

요즈음 다들 4차 산업시대라고 말한다.

방대한 양의 정보를 지극히 신속하게 처리하는 즉 인간으로써는 도저히 흉내 낼 수 없는 효율성 때문에 많은 분야에서 첫째도 AI, 둘째도 AI, 셋째도 AI이라고들 한다. 그러나 나는 사법부 재판에서는 <u>그보다 국어 왜곡과 증빙의 변조를 막기 위해서</u> 즉 공정성을 확보하기 위해서 AI(인공지능) 판사를 신속히 도입하여야 한다고 생각한다.

설문조사를 보면 사법부 재판을 신뢰하지 않는다는 여론이 더 많다고 한다. 그리하여 판사를 아예 "인간의 감정이 개입되지 않고 오로지 법에 입각한 판결을 할 수 있는 AI(인공지능)로 판사의 역할을 대체해 달라"는 청원이 나온다. '인공지능'은 스스로 학습해 인간의 지능과 같은 능력을 가지는 컴퓨터이다.

도덕은 우리 사회의 기저를 유지시켜주는 규범으로 볼 수 있다.

그리하여 그 도덕 중에 중요한 것만 골라서 강제성을 부여하기 위해 명문화한 것이 법이라고 본다. 그에 반해 나머지 도덕(윤리)은 비강제성을 갖고 자기 스스로를 규율하는 규범이다.

그런데 AI 판사가 법을 잘 수호할 수 있다는 것에 대해서는 이견이 없는 것 같지만 단지 명문화되어 있지 않은 도덕(윤리, 양심)에 대해서는 어떻게 판단할 것이냐가 문제가 된다. 도덕(윤리, 문화, 양심)은 객관적이라기보다 개개인의 기준이 상이하기 때문이다.

AI 판사 반대론자들의 이유는 인공지능의 발전으로 비용이 싸지고 재판이 번개같이 빨라지고 지연이나 학연의 문제는 없어지겠지만, AI에겐 부족한 게 있단다. 인간적 친분 즉 마음이 없다는 것이다. 반면에 인간 판사는 상황 자체에 대해 법과 마음(연민과 공감)을 바탕으로 판결을 내리기에, AI 판사가 따라 올 수 없다고 말한다.

그러나 마음에는 약자를 위한 연민, 사랑, 양심만 있는 것이 아니다. 마음 중에는 강자를 의식하는 두려움과 사욕만을 위한 나쁜 마음도 있다. 그리하여 유전무죄, 유권무죄(강자무법), 전관예우라는 말이 생긴 것 아닌가?

그러므로 AI 판사에게 마음이 없다는 것은 학연, 지연, 경제적 상황, 행정적 압력, 여론 등에서도 자유롭다는 것이 되니 단점이 아니라 오히려 장점이 된다고 본다. 그러므로 보고 싶은 것만 보거나 강자의 들러리 역할만 하고 있지는 않을 것이므로, 진리(법)에 충성할 수 있다고 본다.

인간 판사에게 공정하게 법을 집행한다는 것을 기대하기 어렵다는 것은, 법률지식의 차이 때문이 절대 아니다. 그가 먼저 자기 마음이 만든 올가미에서 벗어날 수 있어야 되는데, 그런 解脫을 기대하기가 어렵기 때문이다. 해탈은 사회를 살아가는데 중요한 요소이지만 시험과목으로써는 어디에도 없다. 그러므로 진(晉)나라 문공 때의 법관인 이리와 같은 사람은 역사책에서만 나올 수 있는 일 아닐까? 마음으로만 세상을 보게 되면 '빈대 잡으려다 초가삼간 태운다'는 속담이 반복된다. 아무쪼록 마음(연민)을 핑계 삼아서 마음(두려움, 탐욕)때문에 진리(법)를 짓밟는 일은 반복되지 않기를 바란다.

▲ 증빙의 변조로 AI 판사를 속였을 때의 대비책만 세운다면

이 사건의 예로 보면 법을 집행하면서 증빙을 변조하는 것을 무수히 많이 보았을 것이다. 다른 사건에서도 그러한 예가 상당히 많을 것이다.

그러므로 나의 생각은 판결할 때 행하는 증빙의 변조(동문서답, 국어왜곡, 부정행사, 모순, 지록위마)를 어떻게 막느냐가 가장 중요하다고 본다. 즉 증빙과 사실을 변조하지 않고 데이터를 입력한다면 그다음 판결은 인간이 하던 인공지능이 하든 누가해도 똑같다고 보기 때문이다.

그러므로 AI 판사의 주 임무는 인간이 AI 판사를 속이기 위해 증빙을 변조할 때, 그로 인해 생겨나는 불법(不法)· 불능(不能)· 모순(矛盾)의 내용을 누구의 눈치도 보지 않고 정확하게 찾아 밝히는 것이라고 생각한다. 그리하여 판결은 강자의 마음이 아니라 법과 진리에 의해서 이루어지도록 하여야 할 것이다.

*진실함이 도덕의 핵심이다.

- 토머스 헨리 헉슬리 -

2. 누구에게든 당부하고 싶은 말이 있다면?

㉠ 진리와 인간에 충성

예쁜 아내를 만나면 3년이 행복하고,

착한 아내를 만나면 30년이 행복하고,

지혜로운 아내를 만나면 3대가 행복하다.

위의 말은 시중에 흔하게 회자되는 명언이다. 이는 "성공한 남자 뒤에는 반드시 여자가 있다"라는 말과 상통한다.

초기만 행복하려면 보이는 것(인물 등)만 보고 판단하여 결혼하고, 3대가 행복하려면 내면을 보고 인간과 진리에 충성할 줄 아는 여자와 결혼하라는 뜻일 게다.

또 시중에는 "급하면 돌아가라"라는 속담도 있다. 급하더라도 마음으로 판단하여 지름길을 찾지 말고, 돌아가더라도 차분하게 내면의 진리에 충성하라는 뜻이다.

아무튼 나는 우리 모두 성동격서이나 빠데미장 등으로 진실을 감추려는 세상을 살아가면서 가정에서 어린아이가 자랄 때 가장 먼저 가르쳐야 할 것은, 마음으로 보이는 것(情, 욕심, 요행, 두려움, 분노, 전문가)만 보고 판단하여 만들어내는 虛像(환상)과, 깊숙이 숨겨져 있지만 진리에 의한 實像(사실)은, 다름을 냉정하게 알아차릴 수 있도록 능력을 키워주어야 한다는 것이다.

하늘(영혼의 세계)과 땅(지구의 세계)은 다른 세상이고, 산(꿈, 탐욕, 망상)과 물(현실)은 그 성분(本質)부터 다른데도 구분하지 못한다면, 그는 세상을 살아도 지진아로 살 수 밖에 없으니 항상 사탄의 유혹으로부터 자유로울 수 없기 때문이다. 따라서 결혼생활이든 사회생활이든 미래에 환난(業報)을 만들지 않으려면 먼저 마음(情, 분노, 두려움, 탐욕)보다 진리(이치)에 충성할 줄 알아야 한다.

그런데 마음 중에는 예외적으로 진리(사실, 법, 논리)보다 우선하는 것이 꼭 하나가 있다. 그것은 기독교에서 말하는 '사랑'이다.

여기 기독교에서 말하는 '원수를 사랑하라'라는 가르침에 의하면 옳고그름(是是非非)을 따지지 말라고 한다. 매사에 옳고 그름을 가리려는 사람은 속에 탐욕의 마음이 숨겨져 있기 때문이다. 사랑의 의미를 모르는 사람이다.

현자는 다른 사람들의 말이나 행동을 보면, 오늘 눈앞에 보이는 것만 보고 열심히 변명과 핑계를 찾는 소인배와, 제3(지혜)의 눈으로 멀리를 보며 진리와 인간에 충성하여 오늘은 기꺼이 고통을 받아들이는 대인을 구분해 낸다. No pain, no gain.

오늘 이기고 내일 지는 길을 택하는 사람보다 지고이길 줄 아는 사람을, 종교계에서는 거듭난 사람 혹은 깨달은 사람 또는 어진 사람이라고 말하겠지만, 나는 진리와 인간에 충성하여야하는 의미와 다가올 시련(業報)을 알아차리고 있는 지혜로운 사람이라고 말하고 싶다.

ⓛ 홍익인간 이화세계 (弘益人間 理化世界)로 미래를 대비하자

위와 같이 "진리"와 "인간" 두 가지에 충성하는 사회를 단군 이념으로는 '홍익인간 이화세계'(널리 인간을 이롭게 하고, 진리로써 세상을 다스린다)라고 말한다. 홍익인간은 불교에서는 "자비(慈悲)"라고 말하고, 유교에서는 "仁, 禮, 忍"라고 말하고, 기독교에서는 '사랑'이라고 한다.

공부한답시고 근면(시련)을 경험하지 않고 포시랍게 자란 요즈음 젊은이들은, 인간에 대한 충성보다 자기 마음을 위한 충정이 강하다. 따라서 성질(분노,두려움,탐욕)만 강하게 발달하여 있는 경우가 있다.

아무튼 우리 모두 매사에 마음(탐욕, 분노, 두려움, 전문가, 요행, 권력)을 믿는 것이 아니라 진리(법, 도덕, 이치)에 충성할 때만이, 성질이 아니라 이치로써 세상을 다스리는 이화세계라고 할 수 있을 것이다.

아무쪼록 우리 모두 사랑(자비)과 진리(진실, 이치)라는 두 바퀴를 열심히 굴려나가며 단군의 건국이념(홍익인간 이화세계)을 실천하여, 미래의 환난에도 대비할 줄 아는 지혜로운 사람이 되도록 하자.

*세계는 진실, 법, 평화의 세 토대 위에 서있다.

- 탈무드 -

유령도면과 20년 소송 - 진리에의 충성

지 은 이 홍중권
1판 1쇄 발행 2019년 09월 11일

저작권자 홍중권

발 행 처 하움출판사
발 행 인 문현광
편   집 오현정
주   소 전라북도 군산시 수송동 축동안 3길 20, 2층
I S B N 979-11-6440-059-1

홈페이지 http://haum.kr/
이 메 일 haum1000@naver.com

좋은 책을 만들겠습니다.
하움출판사는 독자 여러분의 의견에 항상 귀 기울이고 있습니다.

이 도서의 국립중앙도서관 출판예정도서목록(CIP)은 서지정보유통지원시스템 홈페이지(http://seoji.nl.go.kr)와 국가자료종합목록 구축시스템 (http://kolis-net.nl.go.kr)에서 이용하실 수 있습니다. (CIP제어번호 : CIP2019034377)